周 涛
著

行走文丛

游牧长城

上海三联书店

新版序

　　《游牧长城》这本小书自二十多年前问世以来，就是一个怪孩子，让它的作者母亲悲欣交集，悲欣不断。现在上海三联书店给了它一次再生的机会，我不知道它能不能获得更多的共鸣。

　　一本书就是一个人，有命也有运。所谓命，是这本书的本体，优还是劣？所谓运，是一本书在社会中的运行，兴衰起落的程度和长度。这确实和人的命运一样，优者未必行，劣者未必衰。这里面自然有各种复杂的因素在影响。

　　上世纪九十年代初，完成了这个长篇散文的时候，很是兴奋了一阵，有些"漫卷诗书喜欲狂"，不知道如何处理才好。当时冯牧先生主持《中国作家》杂志，冯先生在中青年作家中人望最高，我虽不认识，但十分仰慕，便投给该刊。不久，收到冯先生发来的电文，足有一尺长，说是用了一个通宵读完，评价甚高。电文中有"我阅人多矣，未见此才"。末尾却有"但是不能全文照发，否则《中国作家》杂志不保"，此为一喜一悲。

　　不料当时主持《人民文学》的刘白羽先生听到了这个事，便让副主编韩作荣找我，说："给我们，全文照发。"这么一来，从《中国作家》要出来一部分给了《人民文学》，弄成了二马分尸，没有处理好。这也算是可喜可悲吧，两个文坛大佬大刊都看好，都想发表，可喜；结果弄成了尸骨不全，可悲。

到了出书的时候，想请人民文学出版社的副总编绿原先生作序，先生回信欣然允诺。趁着赴京的机会，把一包书稿放在绿原家里，吃了人家一碗面，便回了新疆。后来先生回信说："没有料到是一部奇书，早知道是这样一部书就不会答应作序了。"有赞赏肯定，也有不同观点商榷。我拜读后，既喜也忧，绿原先生这个楚人确实太直了，会不会影响读者？旁边有友人道："以绿原先生这样的大诗人，肯为你写一万多字的长序，他不是应付，而是真心实意，这就是最大的支持！"我一听，恍然大悟，全文照办。

结果单行本还是没有出好，不像一部关于长城具有全新视角的史诗性长篇散文，反倒像一本嘉峪关的导游手册。更为奇怪的是，当时这个出版社的总编辑正当盛年，事业正处于蒸蒸日上之际，忽然因车祸英年早逝。这又是一喜一悲，书刚出来，总编辑却毫无缘由地去世了。

说话间，一晃已经二十多年，快三十年了。上世纪九十年代初到今天，已经变化很大了，冯牧先生、刘白羽先生、绿原先生，三位风格各异的人物都已经离开人世。怀念他们，感恩他们，同时也因当时我的鲁莽轻狂未能理解他们的厚爱而深怀歉悔。现在我也已经年过七旬，对自己写过的这本小书渐渐淡忘，岁月洗涤年少时的轻狂，是不是也会洗去一部书里曾经散发出的光芒？

历尽千年的长城已是残迹斑驳，但是中国人心里面有一座长城始终矗立在那里，游牧民族和农耕民族两种文明的分水岭和交集线，碰撞、交融、进退、移动……从黄河文明变成长江文明，最终变成海洋文明。从咸阳到长安，从长安到洛阳，从洛阳到建康，最后是魔都上海，这些"都城"的迁移正是中华文明的足迹，清清楚楚，写在历史上。

什么原因？——游牧长城！

长城是读懂中华文明的一把钥匙，中国人不能不懂长城。

为此，感谢上海三联书店和陈先法先生，是他们像发现出土文物似的发掘了这本书，给了它重生的机会：复活。

作者

2018 年 11 月 12 日

序篇

在中国这块大陆上，有那么一些东西是一种无文字的文化、无课本的教育，是一种无声音的影响和无语言的歌哭。不管你愿意不愿意，理解不理解，这类东西像婴儿吮吸的第一口奶汁一样，渗透进你的生命和血液，顽强地影响并伴随你的意识、眼珠和肤色，直至你的生命结束。仿佛是与生俱来的，其实却不一定；但是你说不清楚究竟是哪位先生告诉你的，也记不得哪篇课文使你留下如此平静而又深刻的印记。

长城就是这一类东西中的一个。

它对任何一个中国人的影响都大到无法估量，它比宗教的感染力更沉重，比父亲的慈爱更广阔，比帝王更有基业，比所有的古人哲人的学说加起来更雄厚……它是中国各个阶层的人在学龄之前都无可躲避、必然迎头撞上的一个血缘式的名词。而且，无论是有些痴愚的儿童还是早慧的少年，听到它神秘奇异的名称和故事，都会感到一双巨大的古老的臂膀，从深夜的大槐树上搂抱过来，让你恐惧也让你振奋，一下子就终生难忘。

对任何一位汉族人，你都可以这样问他：

"想想看，回忆一下，你是从什么时候开始知道长城的？"

人们往往忽视这类具有决定意义的细节，以为无足轻重；相反，却对那些看起来轰轰烈烈而实质上毫无影响力的事物奉若神明，以为那些东西将决定自己。人们是多么好笑，他们忽视或遗忘的，往往正是决定他们的。

为什么人们会这样奇怪呢？

也许是人类天性中的好奇？或许是因为具有决定意义的事物太平凡、太无声了，从而忽略便成为一种必然？心脏的跳动是太重要了，但是只要它不悸动或停止，谁会注意到它的作用呢？当然，还有一种原因，就是重大的事物同时还是庞大无形的，还具有深刻的难以望透的朴素奥义，它不仅不为平庸的智力所认识，还会带来对自身存在的怀疑和深层危机的畏惧。因此，人们对重大事物的忽视也是可以理解的。这并不奇怪，不但不奇怪，在现实生活中反而是正常的，健康向上的。谁如果死乞白赖地硬要追根问底，人们就会公认他是疯子。

"想想看，你是从什么时候开始知道长城的？"——这是个问题。

我记得我知道长城的事是在大约五岁时，我那时已经先期知道了毛泽东，这意味着我懂政治的时候要比懂历史早。

我记得非常清晰，我知道毛泽东这个名字的粗略含义时，感到了温暖和信赖，觉得自己终生有靠不会被遗弃；但是知道长城的事时就不一样了，我感到了巨大的臂膀和强有力的手掌，仿佛一只预感到了圈的厉害的小羊羔，充满了难逃大限的恐惧——生命中的第一道伟大的阴影，就这么来了。

那位河北籍的大脚保姆给我带来了长城，她一片善意地给我赠送了这样一个永恒的噩梦，她说："涛哇，你咋能不见见长城呢？

你长大了得去看看长城！"

我说长城是什么呀？

她当时正领着我在一架双杠旁边转悠，听我问话，先不作答，"嘿！"了一声竟一翻身蹬腿骑在了杠子上。老太太真行，大概是从小练过武功，猴儿蹬云一般利索，身手不凡。她骑定了，才说："秦始皇修万里长城，孟姜女千里寻夫；孟姜女的丈夫万喜良累死在长城下，连人带骨头就砌进城墙里。城墙里全是些死人骨头，胳臂腿儿都从墙缝儿里伸出来啦……"

她看我吓得直发愣，就笑嘻嘻地又添油加醋："满城墙里尽砌的是死人脑壳子，瞪着俩大眼睛窟洞，不说话！"

"涛哇！长大了去看看万里长城！"

我说，"我不去。"

"咋啦？"

"我怕死人脑壳子。"

老太太笑嘻嘻的，这回笑得有点慈爱了，柔声地说："涛哇，你长大了要是当官，可该心疼着点百姓的性命，别把人砌进城墙里！"

我就是这么知道长城的。老太太整个儿来了个象征手法，寓意性极强，本质性穿透。然而她老人家的这种巫婆式的诗意概括，着实摧残了一番五岁儿童的幼小心灵，害得我做了好几次噩梦。我梦见从一座城墙边上走过，一边儿是陡崖，一边儿是从城墙缝儿里伸出来的手臂，那些手臂几次从脑袋后边抓过来，冷飕飕的……啊呀！就吓醒了。醒来却是满室月光，照彻屋里的墙缝和斑点。我那时的想象力比现在发达一百倍，五岁儿童的主观意识可以任意改变客观现实，我眼中的一切斑点、疤痕、泅迹均成为超现实主义的图画，就像以后看到的达利的画面。这又把我吓个半死，我闭眼不敢再看，但又害怕重新回到梦里——里面有死人的手等着我，我进退无路，只好闭紧了眼睛醒着。

中国有两样东西深刻地影响了我，一个是黄河，一个就是长城了。我在学龄前就听到了有关它们的传闻，它们在民间的名气都大得惊人，任何庶民百姓都有向你传播它们的责任。可是只要听他们说起来，全都和死亡联系着，暴虐、任性，还有白骨，令人不寒而栗。但是到了教科书上，就不一样了，它们全变成了听话懂事的、成熟可靠的大人物，只是不再神秘，没了血肉，像是一对儿招安了的大侠。

后来，在九岁时我第一次看到了这两个伟大的东西。我失望极了。

黄河只是一条河罢了。

长城啊，竟是一节露出在戈壁上的土堆堆，而且没有什么"伸出的手臂"。

这曾使我产生了一定程度的颓丧心理，感到世间其实并没有什么真正新奇伟大的东西，一切都不如孩子心里的幻想世界。当两个最宏大的东西露出平凡暗淡的一面时，世上还有什么呢？还有什么了不起的东西呢？

之后很久，我把它们搁置在一边，任其蒙上岁月的灰尘，视若玩旧了的童年玩具。当人们再向我说起它们的时候，我不再产生任何激奋和畏惧。

我远远没有想到，认识或者说进一步认识这两种巨物，需要那么漫长的积累和准备。能够对它们有一些理解，竟然要具备那样复杂和丰富的条件，这，简直太难了！

这恐怕将是用人的一生也无法完成的。

噫吁戏！危乎高哉！

"君不见，黄河之水天上来，奔流到海不复回。"飘逸的诗仙李太白不把皇帝老儿放在眼里，但知道敬仰黄河，他不在这条河面前犯狂，他是大诗人。后来有过几个胆大的诗人想改这句诗，一个说是"手中来"，不行；还有一个说是"斗中来"，也不行；还是李白一语定乾坤，只能是"天上来"。

"不到长城非好汉"。到了长城就是好汉么？是了好汉就能推倒长城么？汉非好汉，好汉非汉；天似穹庐，笼盖四野；非汉好汉，长城为限。颠来倒去，绕口令似的试一试，这一句里倒真是藏着长城的真谛。

难怪那么些知道深浅的人不敢写长城呢。

难怪那么些不知深浅的人顺手就敢写长城呢。

该写的人啊，你不敢写；

不该写的人，你胡乱写；

我呢，该写？不该写？

我承认，我完全不具备语焉长城的学识、神性、洞察力，我对长城所知不足万一，我无法概括它、领悟它、提炼它、俯瞰它。但是，请允许我写一写长城吧！

只是因为，我去过。

还有一个更加充分而独特的原因，就是：从九岁起，我就被长城关在了门外。我虽然已经"汉儿学得胡儿语"，但始终有一种"门外汉"的乡愁和怅惘，有一种"臣不敢望酒泉郡，但愿能入玉门关"式的牵念。但我同时又是一个习惯于毡房和羊肉、热爱着草原和纵马的半游牧者，是一个即便万里归来，亦将故土难容的失却家园的人，一个人面羊身怪。

这将成为我终生的矛盾和难解的情结。

而这，是谁造成的呢？

长城。

所以，我至今也未去过八达岭长城，我对它怀有最后的一线希望和恐惧，我再经不起失望了。但是我去过新开发的慕田峪长城，它太新了。那些整齐的砖缝里，已不复有秦砖汉瓦，红漆绿彩一笔抹杀了历史的底色，它完全成了一个染发整容的老人。这时候我才忽然觉得，大戈壁上留露着的那座残存的土墩子长城是何等珍贵！

站在慕田峪长城上，我望着兴高采烈的中外游览者，一点儿豪情也没产生。相反，倒有一点悲从中来。望断南飞雁也罢，看红妆素裹分外妖娆也罢，长城并没有把他们关六门外，他们的心理和我不一样。

独有我，是那样一种生分。

同时还有那样一种依恋。

我是一个在异乡别处长大后偶然走进曾祖父家门的陌生人，血统还保持着，气味却不对了。曾祖父家里已经是七世同堂，人丁着实兴旺。他们也许知道我这一支，也许不知道，反正关系不大，他们顾不上这些。

长城对于他们是什么、对于我又是什么，他们哪里能知道呢？

对他们来说，长城是历史留下来的一道护墙，是个引以自豪、需要凭吊的伟物。但是在他们的现实中并无影响，他们早已和时间的陈迹无涉，他们正奔向更为崭新的生活。

对我来说，长城依然存在。秦始皇无意放逐我于塞外，却使我纠缠于历史颓倾的民族纬度中。

我与长城的无缘之缘，恰成为生命中的不可承受之轻或是生命中的可以承受之重！

在这个双方对峙了几千年的界限上，我总也弄不准确自己究竟是站在哪个立场上。真是糟透了！我既会为"失我焉支山，使我妇女无颜色；失我祁连山，使我六畜不蕃息"而悲伤愤慨，扼腕叹息；也能因为"但使龙城飞将在，不教胡马度阴山"而热泪盈眶，同仇敌忾。我究竟是属于哪一面的呢？我大概是一个两面派，一个种族情感的超越者，对于历史的双方，我均是感情上的叛徒和间谍。

需要付出全部忠诚的，只有长城和黄河。

长城是一条凝固的黄河；

黄河是一道流动的长城。

因此，谁要是提出"长城是什么？"这样一个问题，谁就像提出"中国人是什么？"一样，让人难于解答。

"长城是中国先人最公开的心理。"这么说，不失为一种颇有哲学意味的论断。

"长城很像一条奇长的拉链，由东向西，横缀在中国北部的土地上，当它闭合时，就把两边的人连接在一起，当它拉开时，便把两边的人撕裂开来。"这又是一种说法，这是一个巧妙而又贴切的譬喻，这样的譬喻并不容易想出来。

"长城是把农耕民族和游牧民族分隔开的一道界限。"

"长城是——GREAT WALL（伟大的墙）。"

……

还可以有更多精彩的譬喻和论断，因为长城本身具有极大的可创造性，并在多种学科中含有丰富的可探藏量。但是，长城是无法概括的。

它也是一部《史记》。

它还是一部《福乐智慧》。

是镰刀和马蹄共同创造了它！请一定不要忘记：

游牧者——

面对长城，何须愧疚啊……我理解你们，早在数年前我就默默地为你们争辩了，虽然我从来没有轰动过——这只能说明他们的理解力还停留在启蒙期。但是，我开过口，我已经为广阔雄伟的游牧世界留下了铁的声音。

未来世纪的人们啊，你们谁能不背诵着它呢？设若你们不背诵它，我无法想象你们的生活怎么能是没有缺憾的。

数年前，我曾这样写道：

> 若干世纪以来所发生的事情
> 都在证明这家族的分配不均
> 多山的北方多高原的北方多雪的北方
> 用脚掌暖化冰雪却无奈它向东倾注的北方
> 眼见那河流在南方养育三角洲
> 却在北方在中原菌生群雄并起的纠争
>
> 北方坐在马鞍上透过风扬的黑鬃俯视河水
> 听远行的商旅带来的秦淮河传说
> 满地珠宝城廓，十万富贵人家
> 楼头有红衣女倚栏拨琴低唱
> 便对这偏心的版图产生妒恨和野心
> 黄河粗野的浪头就从血脉中腾起
>
> 饮马长江从来是一句诱人的口号
> 游牧者的劳动是战争，追逐水草是天性
> 奴役人如同役使畜生

发起一次战争像围猎一支兽群

但是南方却用一个宫女就解了围

用一曲幽怨的琵琶引去遍地铁骑

在南方水池里依旧游动着红鲤

亭台畔假山旁青翠的竹林不生荒草

凭一江天险守富庶的和平

等五十年后躁动的马蹄又叩响长城

三千年不息的内战证明这版图的偏心

——偌大的中国东南倾斜而失去平衡

　　这难道是一首平庸的诗吗？在那些娇嫩而又软弱的"诗人"眼里，这样的诗是无法理解的，因为他们的眼睛始终没有穿透一朵花、一滴渺小爱情的阻碍而去伸向更为广阔的关怀。

　　他们永远体味不到"北方坐在马鞍上透过风扬的黑鬃俯视河水"时的心情，他们也不可能想到那个坐在马鞍上俯视河水的"北方"，其实正是我。我二十年前每天早晨到巩乃斯边饮马，马饮的时间很长，它饮一会儿，就要换个地方挑一处新的水面，再饮，仿佛同一条河里的水味道有什么不一样。那时我似乎借助了马的记忆和灵性，一下接通了游牧者的心。我觉得理解了那些游牧者的生存，甚至感到自己也是他们当中的一员。

　　"用脚掌暖化冰雪"，正是北方的生存，哪一条伟大的河流不是用我们的体温融化的呢？我们是河流的孵化者，然而我们如此悲苦，这的确有些不公。

　　这是七个极度强化、凝聚的千金难买的字！七个超重的感情砝码，把三千年倾斜的版图，压平了。

我，中原文化一脉相传的嫡亲，同时又是天山山麓的游牧人的养子，当我丧失了狭隘的民族立场，我是多么自由又是多么痛苦啊……

目录

第一章　甘肃篇

户儿家

兰州城，

高粱县。

砂锅里煮的洋芋蛋，

炕上铺的烂毡片。

羊皮筏子当军舰。

这是一支顺口溜，一支新中国成立前在新疆城镇广为流传的儿歌，充满了地方主义的攻讦和嘲笑。我不知道新疆那时何以会产生如此强烈的排外情绪？而主要的矛头是对准甘肃、河南、四川三省。诸如"河南大裤裆，买菜不用筐"，"新疆的草咋样也会日勾子哟"等等。顺口溜表达的成见一直沿袭至今，问起籍贯，甘肃人自己便降低声调了。离乡背井的移民，全是停泊在大戈壁上的荒凉的孤帆，这些搁浅在陌生环境的怯生生的冒险家，在一棵树下面安下家来，妄图抛洒汗水重新安身立命；他们就在游牧者的边缘垦荒，在陌生语言的急流旁生存下来，用锄头刨饭吃，把世代保护他们的长城远远抛在身后了。

为什么要这样嘲笑他们呀？

因为他们在生活的打击下逃离了自己的根据地，因为他们毫无依靠，没有官府的介绍信，也没有金钱的通行证，只有空空的一双手。不忍受这些嘲笑以及比这嘲笑更厉害的行为，能活下来吗？这些"吃土豆的人"，终于在戈壁上扎下根基，扩大绿洲的地盘，招来更多的同乡，学会了带有浓重甘肃腔调的、发音古怪但奇迹般地能为游牧者听懂的异族语言，几代人下来，造就成新疆农民的主体——户儿家。

这些一代又一代被藐视的人们，难道不能算是"英雄"吗？难道不比张骞通使西域，班超远镇疏勒以及什么解忧公主之类的人物更顽强、更真实、更具有历史意义吗？他们谁也不靠，靠自己的劳动成为新疆的主人。他们没有杀过人，但有着远远胜过西征大将的更为沉稳的胆量！当然，他们是不曾预备着当"英雄"的，他们看起来迟钝、笨拙，似乎除了种地什么也不懂，其实他们是相当"狡猾"的呢，对于"生活"是怎么回事儿，他们体验得恐怕比任何人都要扎实。

不过，你要是对他们说"你们真是建设边疆的英雄"之类的话，他们准会说："胡说呢，我们算个球嘛。"

这话太粗了。

但这是他们经常用来表示"谦虚"的语言。他们用来表示赞美、赞赏、赞叹的语言就更粗，是："个驴日的。"

他们的垦殖地和居住地往往是这样命名的，"八家户""十三户""芨芨槽子""四棵树""红柳河子"之类，他们当中没有一个人敢把自己的垦殖称为"庄园"，他们把它叫做"庄户"。

这些人大体是什么样子呢？新疆有一位来自他们当中的小说家叫赵光鸣的，笔下有这样两节传神的描写：

"他身体很结实，肩膀很宽，脸总是显出有些凶恶的样子。而且，他的胡髭、眉毛、头发，乃至眼瞳及汗毛都与众不同，是黄的。黄里还透点红。特别是在阳光强烈的时候，越显得黄、红。"

"马还在撒尿，那个人也在撒尿。他的尿跟马的尿一样，也非常凶猛。他看见那人的尿在日光下银光闪闪，粗猛地砸在路边的白碱泡子上，溅起一片白粉。"

我还想补充一点，就是：他们的口音听起来使人感到他们的舌头似乎较正常人大一圈，在口腔里转个身显得比较困难，仿佛狗熊钻在冬眠的树洞里。有个当了县长的户儿家曾试图摆脱这种标志身份的笨拙语言，以便使自己变得伶牙俐齿一些，潇洒一些，他费了很大劲，最终失败了。后来不得不承认说，"我会说普通话，可是就是不会拐窝（弯）儿！"正是这样，他们能够学会任何一种带有浓重甘肃口音的外国语——还能让外国人听懂，但是绝对学不会北京话！

那些用"憨厚""朴实"之类的词来形容他们的人，真是书呆子透顶啦！他们不是什么野生动物，而是人。他们比起那些只会用学生腔和报纸语言说话的人，不知要精明、狡黠多少倍呢。说他们"憨厚"？傻瓜，你上当了，那是他们装给你看呢。光是他们搞女人的事，说出来也能把你吓个跟头，还"朴实"呢……不要总以为只有你会活，你知道和情人在公园假山后面约会，他高天阔地红柳窝子里也有人等着。你细米白面已经吃得腻味，他五谷杂粮大吞大嚼，放的全是直砸脚后跟的响屁。

一九六四年，搞社教。一个青年农民积极分子跟我混熟了，有一天，伸过一对小眼睛来，贪婪而又有些尴尬地对我说，"工作队那个丫头的尕屁，我实在是稀罕呢。"

我说："那你试试么。"

"唉——"他歪起脖子故作惊奇地说，"你害人哩！那不是'耗子舔猫屎，好色不要命'了吗？"然后他叹了一口气，"唉，人家洋学生就不是给咱户儿家预备下的么。"

还有一次开忆苦会，老贫农马生贵上了台，屁股还没坐稳就喊开了，"前年个，可把老汉饿——"

"马生贵！"主持人喝道："谁让你说前年？说解放前！"

"噢，我寻思也不对，"他摸着自己的后脑壳子，解嘲地说，"解放前就解放前——"

"地主沙阎王，一顿铜丝马鞭子，打得我疼痛难忍，撒腿就跑哇……"

"马生贵！"主持人又喝问道："你怎么不和地主作斗争？"

"斗争？把你还给日能得不行。跑都跑不及哩，你试当一下！"

这就是马生贵这类户儿家的"憨厚"。这些人要是"黑色幽献"起来，能把人笑死；不过"黄色幽默"对于他们，更是日常生活中离不开的佐料。这些户儿家的语言，生动得像刚下出来的湿漉漉的小驴驹儿！他要糟蹋一个人的眼睛小，会说："那个尕（小）眼睛，芨芨棍儿捣下的。"他要嘲笑别人的嘴大，就更精炼——"满脸的嘴！"

但是这些人和长城有什么关系呢？

他们是最先以"人"的名义走出长城、离开长城并在昔日古战场留下了美丽绿洲和庞大家族的移民。没有人命令他们，也没有人分配和派遣他们，这是和那些征伐的士兵、将佐，发配的囚徒、罪犯，远谪的边官、大吏所不同的，唯有他们是以求生的热望服从了命运的律令。这才是自然、自觉、自己的行动，因而最真实。其他种种，都是以"别人"的名义走出长城的，最终收获一些悲凉或尴尬，是出发时就注定的。

被长城这张巨弩射出去的也罢；

被长城的带弧度的尾巴甩出去的也罢；

都叫：关外人。

几辈子的户儿家说的满口甘肃话，可是你要问他甘肃，他只能是个"莫去过"。

黄河母亲

一九八九年冬末，我到了兰州时，兰州早已经不是"高粱县"了，而是一座"化学城"。替代古城堞上烽火狼烟的，是兰州城上空翻滚不息的黄色烟云，它汹涌澎湃，浊浪奔泻，拥挤宣泄成一朵空中黄河，与地上的万山丛中缓缓行来的黄河交相辉映。地上的黄河已经老了，天上的"黄河"却正年轻。它盛气凌人，飞扬跋扈，欲与风沙试比黄！须晴日，看黄袍漫裹，分外妖氛！不幸的是，另一位唐代大诗人王之焕"黄河远上白云间"的浪漫主义大胆惊人的奇想，竟成了现实主义的预言。

真的黄河，正乖乖地、无声地从黄河大铁桥下面流过，垂头丧气，像东北战场押送下来的国民党俘虏。

不知道黄河是不是老是这副干涸的、营养不良的样子，不知道它是真的老迈了还是确实被彻底"根治"了，我为它悲哀。在它身边，我又一次感到"世无英雄"的失望，有多少声名赫赫的东西是名副其实的？当然，同时我也知道，这种不切实际的期望是一种未曾泯灭的顽童心理，一切重要的、强有力的英雄因素都不在表面，而是深藏在暗淡所掩盖的痛苦深处，它一旦显示出来，又会使任何人始料不及!

滨河大道上,坐落着一个"黄河母亲"雕像。恕我直言,这不是"黄河母亲",而是一个生了孩子以后发胖改行的舞蹈演员!她脸上的线条是那样的圆满,含蓄地流露着安于现状的幸福微笑——这是那种嫁了一个合乎标准的丈夫的浅薄舞蹈演员所具有的安详和自足,这不是、也不配是一个苦难民族的母亲!

雕塑家们啊,请原谅并忍受我的刻薄和锋利,因为我在指责这件未署名的作品时,并不想贬低你们本来具有的创造才能。我们能不能一起来想一想"黄河母亲"究竟应该是什么样呢?

一个褴褛的、干瘪的老妇。

黄河上吹来的高原的万里长风,掀开她破碎的前襟,露出了她粗糙畸形的、血管筋脉隐隐突现的、像两根丝瓜一般垂吊但却无损顽强坚韧的乳房!

肋骨和白发;

细的脚腕和缠裹后又放开的脚趾;

紧闭的纹路倔强的嘴;

还有哀伤的眼睛和眼角善良的皱纹⋯⋯

她是这样一个母亲:五千年岁月的白发之下,她的一代代数以千万计的儿子累死、饿死、冤死、战死在这里,长城是他们的集体墓碑。但是在吞咽了人间最难以忍受的苦难之后,她仍然活着,盘绕在儿子的墓碑侧畔,永不离去了。她的丧子之痛、念子之深、盼子之切,使她免不了爆发为一次悲愤欲绝、捶胸顿足的疯狂,淹没一季庄稼,摧毁一片房屋,打碎一些坛坛罐罐,就像一般女人发怒时一样呵。但是正是这时候,你看见了吗?这位高龄的衰弱的母亲,显示了何等不竭的生命活力啊,表现了何等惊人的充沛激情啊。然后,她发完火了,她累了,她会静下来,顿失滔滔。她会梳理自己的白发，献出自己的血肉乳汁，喂养这个贫瘠而巨大的流域……她就是这样一个华夏历史的原配前妻，她妒忌过长江么？

我想替她理直气壮地说：没有。但是我张了张嘴却发不出声，因为她实在是妒忌过的。自从历史明媒正娶地把长江收为第二位夫人后，黄河就没有平静过。长江比她丰满，比她年轻，长江有秀丽的长发和更为温柔的教养习性，而她的头发是黄的，混杂有异族血统；长江的生育力一点儿也不逊色，她很快就造就了新的宅院、新的流域，使得历史常常搬迁到她那边去住，而黄河空守闺房，暗自怀想大禹对她的爱情；黄河母亲呵，你白发三千丈，但你不是省油的灯！你容忍不了长江那样谦和温顺地就夺走了历史，你要改变这一切，你一次次地争回来，又一次次失去！你唆使你的黄土儿郎，那些被父亲冷落或遗忘的儿子们，那些骑马的、狩猎的，平常隐藏在黄土皱褶间的头脑简单、行为猛悍的北方儿孙啊，就为了你，去肝脑涂地，杀伐征战，去逼迫他们的父亲改变态度，重新回到自己的母亲身边来。

就这样，整整捣乱了五千年啊。

父亲说：别闹了，干脆修一道墙，两边分清楚，谁也别闹谁。长城诞生了——长城就是这么诞生的。它是一个大家族里隔开两个妻室纠纷的墙。

但是能隔开吗？

教授

　　只要你想对那些有重要价值的事物做一点不太浮泛的有本质意义的了解，你就不要去问官员，除此以外，问谁都行。

　　我在兰州向这样几位问及长城，他们均没有教诲我，也没有对我循循善"诱"，但他们都有一些东西留给我了，而且印象深刻。

　　柯杨教授喜欢吸烟，他的第一句话出口就赢得了我的信任，他说："长城，首先是把农耕民族与游牧民族分割开来的一道墙。"

　　这位兰州大学中文系的教授并不白发苍苍，而是相当干练。你完全可以相信，这位学者如果担任管理城市的公职，将会多么称职优秀！他侃侃而谈，既不说虚伪的套话也没有武断的结论，他只是平静而有分寸地叙述着；他抽烟的姿势也相当稳健，显示着一个五十岁左右的智者的老练和自信；毫无疑问，他具有一种魅力，来源于他自身的蕴藏。

　　柯杨先生给我们讲的最后一个有关西北民俗的话题是，"藏"。他说："西北少数民族还有一种精神，就是'藏'，不露。往往外表看起来简陋的泥巴房子，里面却是金碧辉煌。"

　　他说对了。

他说的时候我肯定频频点头了。因为在喀什古城的八年里，我曾不止一次地在土巷泥屋里大感惊讶：你以为他们贫困，其实他们拥有一间古波斯王的卧室呀！有一次我误入一位维吾尔老妇的陋门，屋院里竟然有三四十只娇生惯养、面貌奇异的猫！久不见陌生人的神情和那几十双闪闪发光的猫眼，使我恍若进了童话中巫婆的森林小屋……这就是"藏"。"藏"使一切变得神秘起来，使生活的水有了深度，使人的心灵在现实中有了秘而不宣的一角，有了被保护的权利，使市井庶民有了自己的领地和尊严，它有权要求自己的精神生活和私生活不被监视和窥探。

"藏"是人民群众的一种多么微小而又合理的生存要求，难道不应该是神圣不可侵犯的么？秦长城、汉长城、明长城，还有紫禁城，历代皇帝都不惜代价筑城以保护他们的疆域和尊严，但是几千年来怎么就没有一个人想到过老百姓的生存权利也需要保护呢？怎么就没有一句话，一个法作为保护人民生存权利的无形长城呢？

几千年，一个如此巨大的遗忘。

一个空白。

一个面对苍天毫无遮蔽的可怜群落。

这就是为什么今天我们登上长城的时候总有一种空落之感的原因。我们的内心世界是无从设防的。我们在精神上没有防护物。唯一软弱的防护武器是撒谎、说假话，它真正毁坏和作践的，恰恰是自己的心灵。"藏"也罢，"隐逸"也罢，"出家皈依"也罢，都是心灵得不到保障的消极躲藏，人世间是太凶险了。

当然，这些都不是柯杨教授谈的，而是我的联想。柯杨先生告辞时，我们想用车送送他，教授轻轻举起右手："不，正好散步。"他会意地微笑着，显然不习惯这一套。教授，这一代表着清贫洁白饱学和高教养的名分，你是要担待得起啊！

他走后，我重新翻看我的笔记本，寥寥地记着这么几行：

胡人不敢南下而牧马。

腾格里和巴丹吉林沙漠，靠祁连山雪水灌溉出小块绿洲。南麓雪水流入青海，北麓雪水流灌河西走廊。

至今发现的古代骆驼客遗物有：扁水壶、铜物、马具。一队称为一房子或一帐篷。冬季在荒野露宿时两驼间夹人可睡，骆驼者从雪中醒来竟可头冒热气。

过去沙漠妇女临产时，把远处净沙铺在暖坑上，使婴儿生在沙上。

现在的黄水坝水库，系汉武帝刘彻得宝马处。

永登县薛家湾村，全村以算命为生。讲一种特殊语言，隐话；不善耕种，善算卦。过去称他们为中国的吉卜赛人，这也是一种古老的预测学。

兰大数学系所出的博士生当中，往往有些最穷困的地方来的孩子。

那个人究竟想了些什么？

 到了地理系教授马鸿良先生那里。这位以自然科学的眼光研究长城的学者，竟然不动声色地向我们摆出了一个极富有哲学意味和文学色彩的疑问。这疑问是那么单纯有力，仿佛是一个孩童提的，一下就穿透了历史的层层帷幕，直逼向一个肉体早已消失的灵魂。

 这个疑问是一个德国人提的。

 马鸿良教授说："那个西德人就是很想知道，当时修长城的那个人究竟想了些什么？"

 仅仅提出这样一个问题，就足以让人肃然起敬。这在许多浑浑噩噩的人看来一定是荒唐可笑、八竿子打不着的问题：一个德国人，秦始皇当时爱想什么跟你有什么关系呀？真是狗拿耗子操的哪门子闲心！吃饱了撑的。在一群"混"世的人面前，严肃认真便是可笑，科学求知便是荒唐。现在你随便问到一个人最近怎么样，他都会轻松地说："混呗。""混"就是社会的群体价值观，混得好也罢，混不好也罢，一个"混"字万事休！见惯了一些如此轻率地对待自己生存的人，面对这个德国人的疑问怎能不警醒肃然呢？这样的民族怎么能不是强盛的、生机勃勃的呢？

我听说过一个小故事，是说在美国一个工厂的大车间里，掉了一根绣花针。所有的美国人找了一通，都没找见，但是最后被一个德裔的人给找见了。他是怎么找见的呢？他把整个车间的地面先划了小方格，一个方格一个方格地找，找过一个划一个勾，这么给他找见了。

还是那个德国人的问题："当时修长城的那个人究竟想了些什么？"

那个人就是始皇帝嬴政。这位统一中国的第一位帝王当时决心破土修长城的时候，我猜脑子里一定塞满了三个字："足够了"。

长城就是嬴政想象力的极限。

"秦王扫六合，虎视何雄哉。""并吞八荒，囊括宇内。"他的雄心和想象力已经使人惊叹了，但他还是有限度，他的视野和雄心就限在这里了。长城，也是他给自己的权力所划出的圈限。这位气魄惊人的第一位农耕民族的帝王，欲望毕竟有限。比起游牧的蒙古人所拥有的辽阔版图来，简直小气得多；比起最后一代帝王满清人所统治的疆域，也不可同日而语。游牧者的心胸和对各种民族的容纳力，显然更宏大！

使长城一次次失去防御意义的，是北方游牧民族的马蹄；

使残缺的长城一次次重新站立起来的，是中原农耕民族的双手；

历史的缺口正在这里。

农耕方式必然带来保守性、狭隘性，游牧方式必然含有侵略性、野蛮性。这不是民族矛盾，而是两种截然不同的生存方式造就的悠久的矛盾和冲突。从淳朴、善良、好客的品质上讲，一个甘肃农民和一个哈萨克牧人究竟有多大的区别呢？一个终生侍弄土地的人和一个侍弄了一辈子羊群的人究竟在善恶本质上有多大差别呢？一手老茧，满面皱纹，他们都同样是户外劳动者，同样是辛苦终生一无所获的人。

可怜的自相残杀的人们哪，是谁、是什么力量使你们这一对同样贫困的人彼此仇恨、杀伐了几千年？在哪一种名义的战争后面有着属于你们的利益呢？无人能告诉我。

马鸿良教授能告诉我的，是这样一些有关长城的知识：

——长城有时突然拐了弯，使人不好理解。为什么会突然拐弯？是有原因的。很多情况下，是与水源有关。长城把饮用水圈在城内，把不能饮用的苦水留在外边。

——长城经过的地方，松树都活，白杨树不活。因为长城经过处大都在海拔两千米以上，长城恰好修在这些接近水热等直线的位置。

——民勤在清朝还是一个丰美之地，可现在缺水。打井三千，使地下水降位，变苦；植被沙化、盐碱化，结果人眼发直、牛毛变色。

——长城还是研究河流移动的坐标。河流的移迁是因为地壳变动，使河流由西向东挪位。现在长城的研究已经是交叉的多学科研究了。

有关长城的名堂竟是这么多，是牵强附会呢，还是真的蕴含深奥？仿佛千年前的始皇帝是一位超人，一个无所不知的神秘之灵，他用长城摆了一个无底之谜，让后人猜测、研究。

玄而又玄，众妙之门。

我真的愿意相信那些玄奥行为的传说都是真的，气功、算命、武术、道行、咒语、易经、推背图、预言家和一切超现实的妄念，如果真能那样轻易地解决问题，那该有多好！多省事！

　　我甚至由衷地愿意有一种类似"神"或"命运"的东西，一种比现实强有力得多的力量，高高在上，俯察万物，由它来操纵、判断、奖惩我的行为和心灵。这样，受苦不会埋怨，发迹不会膨胀；一切都会有指望，一切都会有报应；人们宁静而顺从地生活……这该多好！

　　可憎的是，没有。

　　妄念只是安慰人们伤损心灵的一杯无药之水罢了，明彻的智者不需要服用。

　　至于"上帝"，设若过去曾经有过的话，后来也如尼采所说的——"上帝死了"。

　　还是《国际歌》说得对："没有什么救世主，一切全靠我们自己！"

　　看看长城，每一砖、每一堞，多么艰辛，多么艰辛地、蜿蜒地、充满暗示地从岁月的深处爬过来，一身残损、满面风尘……

瑞支娜

后来，在马鸿良教授的推荐下，我果真见到了一位德国人，一个年轻的女留学生。我在她的屋子里坐了半个小时，抽了几支她用手卷成的金黄的德国烟丝。她几乎没有跟我谈什么正经的学术问题或政治，但是给我留下了深刻的印象——在我们之间，我感到了长城。我曾经把这件事记在日记里，是这样记载的：

　　那个女留学生是特利尔人，所以她的乱七八糟然而充满生气的房间里，有一幅小小的马克思像。

　　"他是我的同乡——"那姑娘向前伸出一只跷起大拇指的手，跷起的大拇指朝后，正好指着她那张有雀斑的脸。

　　她丝毫也不漂亮，而且不性感，显然是一个普通极了的西德姑娘。但是那一双蓝眼睛咄咄逼人，毫不躲闪地直视着你，里面流露出对古老东方帝国后裔们的藐视。她说："他曾经在你们这里被崇拜，现在好像吃不开了，是这样吗？"

她的藐视和质问里，有一种说不清是正宗马列式的还是道德式的嘲讽意味。但是我能感到她对思想蒙昧状态的愤懑和谴责。

我当时没有回答。

我是个中国人，我承认我不习惯异性的这种直视的略含挑战意味儿的目光。在这种非常自然的坦率面前，我感到了对虚伪的长期适应已使我显得脆弱；我面对说假话的眼睛已经习惯了，一旦面对另一类完全不同的瞳孔，竟突然发觉自己内心毫无力量，仿佛对方是个男子汉而自己才是个娇弱的女子。

我拿起那幅画像，望着像上的那个人。这是一幅从懂事起就熟悉了的画像。我丝毫也不了解那个德国人时，就接受了他。雄狮般的头发，宽阔智慧的前额，浓密而又磅礴的大胡子……这是一幅圣像。

我天经地义地接受了他，不需要思考和研究。我隐约记得在很小的时候，脑子里曾经闪掠过一星罪恶的疑问，"我们中国人为什么要让一个德国人当老师呢？"

说来惭愧，我至今还没有读过一篇原著。

我拿起那幅画像看着的时候，才发现，我对这幅熟极了的面孔其实并没有仔细端详过。现在这么一看，看出一些异样的味道来：他真美，马克思。似乎世间再也找不出比他更适合做圣人的面孔了，那样无与伦比的雄伟和神圣，尤其是那双眼睛，透射出人性的光芒。

当时我很惭愧，为我的盲目和蒙昧，也为我作为一个读书人而至今没有能力与这位伟人的书达到共鸣。当

时我的内心还有一种痛楚，撕裂似的，隐隐作痛，有点
催人泪下，仿佛我有什么对不住他。

这段文字应该算是真实而又精彩，一篇好散文。那是因为与
这个西德姑娘在精神上的反差，使我对司空见惯的马克思肖像第
一次产生了新鲜和陌生的感觉，产生了强烈的理解欲——不，是
唤醒了它。

这位在兰州大学留学生楼的特利尔人，名字叫瑞支娜。

武威并不威武

出兰州，过乌鞘岭，去武威。

正是二月中旬时节，沉睡的北方农业似乎还没醒来，河西走廊斑驳在冻土和薄雪的贫困之间。只有乌鞘岭阴沉着脸，挥出一派纷扬大雪，使山峦变肿，掩住些许寒伧。我们的两台北京牌越野车，本来还像是"欲将轻骑逐"，这时候顷刻间变得"大雪满弓刀"起来。

古州之地，果然是荒哉寒也!

设若是在游牧者的阿尔泰山冬行呢?

噢，那该是怎样一种冬天的丰饶、自然的富贵啊!那该是怎样一种神往：所有的山峦都戴了银光闪闪的武士头盔；山壁裸露于积雪的深刻的岩石纹路，粗犷雕出深眼窝的突厥人面型；他们在天边列阵，等待厮杀；而松林举起背阴坡凹处黑压压的一片长矛，仿佛部署着听候号令的长枪铁甲骑兵；游牧者的领域有一种未经榨取的饱满，一种自然生命的处女美，一种蕴含的丰厚。倚在冬窝子里的毡帐比寒风中的村落使人温暖，林间木屋比窑洞奢侈，松枝点燃的炊烟比柴草的黑烟更优美、更善于盘绕不散，深雪中缓缓行来的一骑或数骑比清晨拾粪的老农更容易被人的心理所接受……游牧者啊，即使在同一历史时期的同样低下艰辛的生产活动中，你们也要比耕种者享有更多的自由和乐趣，你们也更像自然怀抱里得天独厚的宠儿和骄子！

耕耘的农夫在侍弄那些植物的时候，那心情和方式更像是庄稼的仆人。他无法和那些不能移动的生命作任何交流，它们像老爷一样傲慢地站在田亩里，等待他浇水、锄草、培土；他必须在无法交流的前提下观察它们，揣摩它们，领会它们内在的要求和变化；他必须学会忍耐，必须任劳任怨，在最后的季节得到报偿或惩罚；当人成为植物的仆人之后，生产方式所带来的忍受、屈服等习惯性品格便沉淀在遗传基因里了。

马背上的牧人在放牧那些动物的时候，他更像一个至高无上的君王，他是一个征服者和统治者；无论他在人的社会等级中多么低下，世界总要把一些生命交属他管理；他骑在马背上，狗追随在左右，大片的羊群、牛群、骆驼被他吆喝、驱策，他是主人；他在和这些移动的、叫唤的、活蹦乱跳的、有性情有灵性唯独不会说话的生命的朝夕相处中，获得理解和依存；所以游牧者的孤独里含有哲学和史诗意味，所以马背民族对音乐、诗歌、色彩这样一些高贵的艺术具有天赋的接受力。

本来这些生活在亚洲腹地的人并没有什么大不了的不同，他们的面型略有区别，皮肤的底色基本一致——都是远离海洋的大陆季风掠过黄河时漂染的那种黄色，吹拂在他们脸上、皮肤上、手背上和暴露在阳光下的脊背上。那是一类怎样的人的颜色啊，那是麦粒的成熟，土壤的烙印；那是谦卑的升华，柔和的极致；那是阳光的提纯、大野长风的净化和显影；这种平时最不引人注目的、最容易与别的色彩配合的朴素颜色，一旦落定在人的肤色上，就使黑、白、红那对比鲜明、强烈、跳跃的三色显得和谐了，它沉淀出人类色泽中不可或缺的悠久、深厚和成熟，闪耀着善的力量、黄金的品质……它是人类肤色四季中的"秋"天！瞧，红、白、黄、黑，正合着春、夏、秋、冬四季，这难道会是巧合吗？不，这是宇宙至高无上的规律之神的安排。这是它的旨意，它给了我们的皮肤以秋的族徽。"黄皮肤"，你不必由于一时的困顿而沮丧、埋怨，更不可生出排斥、忌妒他人的心，在宇宙以千年为一年的大轮环中，每一个季节都是必然的，互相衔接继承的，都将获得自身的灿烂……一切都有规律，一切都早有暗示，人们啊，请记住：不可逆转！

一切逆转者和逆转的因素也都是不灭的，你把它们从这头按下去，它们会从那头显露出来，因为它就在你们中间，你们心里。

它使差异演变为对立；

使生存的尊严堕落为对他人的仇恨和征服；

使勇敢发展为野蛮、力量扭曲成残暴；

使秩序和禁锢联姻，真理与异端离婚；

使现实与理想在悬崖上永远互相够不着，只差那么一点儿；

使爱情不得不和痛苦相伴；

使幸福成为沾唇即刻变味儿的甘露；

等等，等等。

因此，当我翻越乌鞘岭，身穿厚重的军大衣去考察长城的时候，当我们一行在天祝县总也找不见县委，被饥寒驱进一家类似古代大侠吃饭的小店里狠狠大嚼羊肉的时候，当我们仿佛是在寻找长城、而实际上是长城一直在等着我们的时候，我们在忙碌中实际上忽略了一个最重要的问题，就是：

"我们配吗？"

我们配吗？显然不配。

配的人是谁？他能这么顺利地来吗？大概不一定。

好在世上许多重要的事大都是由不配的人去做的，配的人总是在等，不配的人就抢着去做了。做好做坏，因为只有一次做的机会，所以无法判定。做的人没有一个说是做坏的，都说好，那就好吧。

"君独不见长城下，死人骸骨相撑拄。"三国时的陈琳已经有了这样透辟的眼光了，而鲁迅说得更悲愤："何时才不给长城添新砖瓦呢？这伟大而可诅咒的长城！"现在的祝肇年先生文章里有一句更妙："长城没有挡住胡人，却把自己圈了起来。"

就这样，我们到了武威的时候，我看到，武威并不威武。

武威就是耀武扬威嘛。耀谁的武？扬谁的威呢？封建统治者的。这是一个非常假大空的、非常具有中国封建帝王特色的说法。

真实的、属于这个地方老百姓的说法呢？只有凉州。凉凉的，州。

病理研究

我病了。

我对于甘肃有一种非常奇怪的不适应，几乎每次到甘肃，准病。呼吸道感染。仿佛空气里含有一种对我有害的毒素，顽强地、无声地销蚀人的健康。我甚至以同病相怜的眼睛看到，周围有着比例相当大的人面容有些歪曲，脸色很不正常。我说不清这究竟是怎么回事，是冬天的气候，还是某些群体特殊的氛围？是"场"，还是风水？说不清。这并不是说兰州的姑娘不漂亮，不是，过去那兰州姑娘是"红二团"的说法早过时了，现在她们往往白净俊俏。我是说，这里的空气对男性来说有部分性的不适，对那些用胸部呼吸的人，有某种程度的伤害。

仿佛有一种怪异的东西，散播在空气里，肉眼无法看到。它的成分或许是微量的，不会立即危及生命，但是有害；它只是每天均匀地抵消掉一个人生命活力中的一小部分，只是慢慢地磨损一下你，并不真正把你的肉体触怒或摧毁。

这就好像把一包足以使人致命的毒药均匀分成无数等份，散布在一个人一生中的每分每秒中服用。你死不了，但你收到了坚韧的伤害；你虽受了伤害，但你绝对感觉不到；你会渐渐适应，你坚强的生命保证能够在长期的抵抗中坚持下去，甚至渐渐适应并转化为一种类似成瘾的要求。

时间久了，你会对那些没有在这种空气中成长的人"看不惯"。自然地对不是这种空气的空气产生拒斥，倘使偶然在一个空气新鲜的山林中，你反而会不适应，连连打喷嚏，感到会像将要生病似的难受。

好在我病得已经很严重，已经在打吊针。

我是一个外来者，暂时还没能适应，所以一下病倒了。周围的同志们都相信我能适应，我也相信我能适应。躺在病床上，我想，比这难适应的东西我都适应了，这算什么！

窗外的雪愈发大起来，使我在必胜的信念中略感忧伤。一只大头猫在雪地里凄厉地叫着。

当时窗外有两棵挨得很近但却分别显得孤独的树。因为是冬天，它们的枝权都很脆弱，彼此够不着。雪浇灌着它们，从它们头顶纷纷扬扬洒落下来，只有一小部分落稳在它们的枝节上，其他绝大部分很不情愿地落在地上。这些雪本来没有任何区别，但是落在树枝上的一小部分，变得幸运了一些。

这当然是从一个病态的眼里看到的。

我咽喉疼痛，不断地流清鼻涕，一夜未能入眠。我已经不能再抽烟了，有些厌恶烟味儿。

无事可做，我就开始研究病态，品味病感。我觉得，一个长期健康的人突然进入病境，有助于反观和领悟很多东西。病情使人换了一双眼光，一副心态，病情使人暂时脱离现实、与世无争，因而有了"超现实"的条件。所有的病人住在病院里时，都像是从现实战场上退下来的伤兵和缴了械的俘虏，他们眼下不具有战斗力，因而较大程度地受到人道的待遇，被人谅解和关怀。他们一般也由于自己的病况而悲天悯人，变得比平常善良一些；互相之间由于没有利害、同在受难而变得容易倾吐心曲，真诚了好几倍；再加上病体一般减却了性的冲动，他们往往平静了，自我表现的行为减少，不再狂妄浮躁，眼神里有一种哀伤的美……人原来就是圣人！集真善美于一身！难怪人们称医生护士是天使，原来他们的职业是围绕在这类圣人之间！

原来如此，怎么今天才明白呢？

"圣"的代价就是丧失健康，使充满活力的生命要求降到最低限度。

所谓圣人，原来正是病人！

"哈哈。"我独自笑出声来，觉得有趣，觉得这种研究，这种精神游戏，对人真是一种莫大的享受。我感到病开始减轻了。我像抓住了一个梦的尾巴，还想续下去。

说不定病也有对人有益的一面呢？它强制一些疲劳的或受侵害的肉体休息，从而使精神活动变得敏感、活泼起来。再愚蠢、再缺乏独立思考能力的人，在病中也会变得敏锐、细腻一些，他甚至能学会体察理解平时和它毫无关系的事物，接受自然及人间美的教化。如果一个人老是健康着，他就会给人一种缺少了什么的印象，而且这种人往往被疾病击而毙。在某种意义上，疾病是人生的学校。设想一下，假使人世间的全部疾病都消失了，人们不再生病，全都健康，那人类所享受的生命将是多么浅薄、多么没有分量的幸福！特别是，人该怎么死呢？人要是不死，后来的人又该怎么活呢？神让疾病降临，正是绝妙安排。

不必忧愁，病人，不必自卑！

既来之，则安之。这是一群造访肉体的不速之客，需要走的时候，它们会走的。

河西走廊

那天早晨的阳光令人终生难忘。

大家已经先我一天乘雪驰往张掖，留下一台车，等我痊愈后赶去。那天早晨我决定上路。我的病正处在将愈未愈之际，腿软头晕，口腔和舌尖弥散着一股淡涩的味道，一种无味之味。

那天早晨大雪停歇，灿烂的阳光一直正对着我们的车窗，洁白丰满的原野里无数晶体巧妙反射着穿透它的几束光，撩拨闪烁，使周围顿时变得辉煌了。我们行驶的柏油路，正融化成一条刚从水里捞出的黑色缎带，飘然自如地贴在雪野当中，任凭我们驰骋。

河西走廊的格局和态势，这时一目了然。这条中外驰名的大走廊在这个早晨显出奇异的清静，整个道路上，仿佛只有我们这一台车。一侧祁连山逶迤相伴，它个子不高，颜色杂驳朴素，表情里却含着从历史中透来的凉气。

一个半病的人就这么斜倚在前座上，衰弱的身心整个沐浴在阳光里，两目微闭，神驰意飞。我觉得仍然躺在病床上，只是床在嗡嗡地响，微微地抖；阳光如此慷慨地、长时间地泼向我，使我恍惚中感到在被天空肆意地镀为金身，温热渗透骨缝……我知道太阳神正疗救我。

我的眼皮像百叶窗一般垂下，遮住瞳仁。这样我眼前泼过来浓重的金红，然后深红如鲜艳刺目的血液，然后晕出一团团的绛紫、跳动起蓝的光斑……用瞳孔看到的太阳是一个色彩浓艳的海！一片变换深邃的潮！我觉得世界被这海潮淹没了，唯独我轻轻飘来，轻若片羽，升向天空，我想进入那深邃和浓艳中去寻找自己远古时便已存在的灵魂……时间啊，你多残忍！你赏给我们的这一牙瓜切得多么薄哟！竟能比大百科全书里的一页纸还薄千分之一，既如此，又为何令我们窥见你深厚宏深的色泽全貌呢？那真是一个无法泳入的光芒之海！

那天早晨的河西走廊令我终生难忘。

我因病而感受到太阳，因雪而看清了长廊。大漠孤篷，长河丽日；垅头流水，流离四下；念我行旅，飘然旷野。我的心头怦然跳动，我接受到暗示：长城越来越近了。

张掖——甘州。

酒泉——肃州。

嘉峪关——不朽的名字。

"扶着墙根赶路的历史啊"（马合省长诗《老墙》），你还在那儿扶着么？要是见了面儿咱们，唉，说什么好呢？告诉我，我是扑过去和你拥抱呢，还是远远地望着你失声痛哭？

亲爱的"以制造墙出名"的祖先啊……我爱你们，我恨你们。爱你们不废千载，在水一方，总是立在记忆长河的尽头栩栩如生；恨你们潜过生死的边界，时间的隧道，以嘲弄的手拨乱世纪的时针！

只是，这又能怪谁呢？

抱怨祖先的，是窝囊废。宽谅自己的，是可怜虫。还是让我们以对待人的宽和态度来对待祖先吧，还是让我们以更加长远而非功利主义的态度来对待遗产吧，他们已经死了，而我们还活着。

假如有人用死人压制活人，用昨天的伦理规范今天的生活，用散发着死亡气味的旧袍套束洋溢着活力的新鲜生命，那绝不是祖先的过错，而是今人的阴险！

太阳神呵，请像照耀我一样地疗救我的民族吧！

请镀给它以金身，重造它的辉煌！

请指示它以雪晴后的大走廊，引导它走出祁连山的重重关隘！

哦，此是西凉，我爱马超。

宝马种种

　　几年前在北京,一位北大毕业的作家对一位新大毕业的诗人无意中提到了一个名字,他们是在商量明天日程安排时提到的,因为这个名字妨碍了他们的活动,才偶然地被顺口提起。"我原来在北大的导师让我明天给一个名叫孙毓棠的老头送一份材料去。"作家说。

　　"谁?孙毓棠?"诗人惊呼起来。

　　"怎么?你认识他吗?"作家解释道:"也是北大的一位八十多岁的老教授。"

　　"不,孙毓棠是诗人。"

　　"别逗了。至于吗?"作家笑起来了。

　　"他写过名篇《宝马》。"诗人说,"三十年代以洋洋数百行,被誉为长诗奇观。论者赞为'通篇有长城之宏伟,细部有牙雕之精细',无一句不是诗。"

　　作家沉默了片刻,感慨地说:"可是现在谁知道他呀,看起来和普通的糟老头子没什么区别。别提了,多大的断裂!"

　　这段往事被我在酒泉又给想起来了,因为孙先生的《宝马》

就写的这一带的事。这部历史题材的长诗，写的是汉武帝为夺大宛汗血马而派遣将军李广利在此发起战争的故事。诗是无与伦比的雄奇，随手摘录几句，便足以荡魄销魂，这远不是今天的一些诗人可以步其后尘的。

他这样写葱岭：

> 峰顶冠着太古积留的
> 白雪，泻成了涩河，

他这样写大宛国王的夜宴：

> 他爱他堂前
> 群群赤着身的女人披起沙縠与冰纨，
> 躺在罽宾的花毡上鱼样的笑。
> ……向黄月唱英雄的歌；美酒
> 洒红了裸乳和王袍。

他这样写汉家皇帝：

> 他的长安是世界上第一座城池，
> ……东幸齐鲁来封泰山，
> 北临汾阴去祀后土，九市
> 开时，绿长了垂杨柳，红艳了花枝

他这样写大将李广利：

虎符班发了六千铁骑，

步戎编制起九万壮士；

解开了羁绳才知道将军本是条猛虎。

而且，如果是一个"糟老头子"，他怎么能写出这样的一匹宝马的句子呢?

爱它们八尺的腰身，红鬃与黑鬣。

爱它们昂首的雄姿，和舞里奔驰的

骨力。……他心窝里

一条颤抖的尖毒舌，向四周

邻国笑着火红傲岸的笑。

唉，不能再引了。在新诗只有七十年的历史里，一部真正有价值的卓绝艺术品就已经被尘封和遗忘成这个样子，况乎千年了。在我们这块土地上不知该有多少伟大的精神产品被现实所湮灭……须知，现实的手偶尔到历史的古籍中翻弄的时候，是只挑拣那些对自己有利的东西的，它像孩子对待老人那样任性、无知。它是一个永远长不大的孩子，当它刚刚有些成熟的时候，就该退开结束了，让位于一个新的孩子来继续从头幼稚，"而今迈步从头越"。循环，循环中的积累所扩展成的缓慢进步，对于那些有幸以人类的智慧擦亮了双睛的个体，是一种多么痛苦的等待和煎熬呀!

先知者，你何等不幸!

如今我就这样来到这片古战场，这个二十五公里外矗立着的嘉峪关，更远一些的位置隐藏着敦煌莫高窟的肃州酒泉。由于特殊的原因，它的历史意义将永远大于它的现实意义，因此，这座平凡忙碌的小城总笼罩着一些神秘哀凉的历史光影，它坐落在历史的脚印里。这并不影响它的现实生存，只是使它有了一种特殊的韵味。这里流传着更多的古代轶事，比起别的地方来，这里有着更喜欢咀嚼历史橄榄的嗜好；我每每遇到这里的一些爱讲古的人，就想笑，望着那一面面严肃认真、如数家珍、以历史为己任的脸孔和表情，觉得简直太好玩、太有趣了；我装出很认真地听的样子，有时还记上一点笔记，我不愿意亵渎人们神圣的感情。但同时我也清醒地知道，这些包袱并不是该背的那一部分。

人们告诉我说：

酒泉这个地名知道是怎么来的吗？是这么回事，相传汉骠骑将军霍去病出征匈奴获胜，驻军河西一带，汉武帝颁赐御酒一坛，霍去病倾酒于泉中，与众同饮。霍去病那时候就知道体恤士兵，有福不独享，搞官兵一致，多不容易啊，为了纪念他，就叫酒泉了。

我想：

很明显，这件事首先说明汉武帝非常小气，他非常瞧不起军人。"赐御酒一坛"，够谁喝呢？没准儿霍去病当时看到只有一坛酒，心里就来气，当皇上也不能这么不懂道理！当兵的舍得流血，当皇上的连酒也舍不得！一怒之下，顺手就给倒到水里。倒完，转念想一想，又害怕了，太监回去奏一本，不是闹着玩的。霍去病还是聪明，想出了这个"与众同饮"的遮盖方法，才算化解了。其实漏洞是明摆着：酒倒进水里，还能算酒吗？把皇帝赐的御酒倒进泉里，不是明摆着是有怨气么？

后人总是上顺向思维的当。唯一令我感到惊异的是霍去病的名字，这位神勇的骠骑将军成了匈奴人的天敌，而他自己的天敌就藏在他的名字里。他不到四十岁就因病而死了。这彪炳史册的怪诞名字里，有着强烈的宿命感。

人们还告诉我说：

现在黄水坝水库，就是当年汉武帝得宝马处。大将李广利知马每日必来饮水，便先以泥草人做成士兵置于岸边，待马见惯不惊，换以真兵士伪装成泥兵，待马饮水，忽起套之，献汉武帝刘彻。

我想：

又是这一手不用想就得来的看家本领，欺骗。堂堂大将用这种费时间的办法来捉一匹马，实在太"有谋无勇"了。将士乎？狱吏乎？若是换了成吉思汗或努尔哈赤，他们岂肯用这样费尽心机的态度来对待一个自然的、无知的美丽生命？背上汪着汗血的大宛马啊，当你作为战俘被押解到长安时，你雄风不羁的魂魄已不复存在，它留在游牧者长歌当哭的草原了……

又听人们讲：

安西县有座梦城，俗称桥湾城。这是清朝的事了。康熙帝梦遇异人，指地求城十里有八，地在安西。康熙乃命程氏父子督建。这父子二人以为安西荒僻，康熙不会知道，便把十里有八缩建成一里有三。后来事发，以欺君之罪斩首，并割二人背皮制成人皮鼓，敲以儆众。

我想：

这是一个梦与现实的故事，有点魔幻现实主义，还像一篇寓言。如果梦是十里有八的话，现实就变成了一里有三，连皇上也不免。梦永远是现实的明天，而不是昨天和前天；梦是现实总也捕捉不住的影子，你刚要进一步，它早跳开了一步，它跳开的力就源于你捕它的动作之中。但是梦多么美啊，人活着而有梦多么美啊。可是康熙皇帝的梦不是我说的梦，我说的梦是梦想以及梦想的权利，而康熙，把梦想变成迷信。

迷信也好，宿命也好，怪异也好，总之是漫长岁月里沉淀下来的含义不明的经验，一些前人失败处的可疑物，另一些前人命运怪圈里的谜云，经过人们一代代的口，解释、猜测、增补、创造，使这不成功的经验炼成一粒医治人们现实痛苦的灵丹妙药，成为在苍天之下代替人们喘吐的一声无可奈何的叹息。

有什么办法呢？人在世界上绝大部分时间是软弱的、蒙昧的，只有在这种状态积累到足够时，理智和灵性的光芒才会在瞬间闪现，雷电般爆发伟大雄浑的力量。这力量中本身就含有两种对抗的力，创造力和破坏力，苦难而又光辉的一对儿，谁又能彻底把它们分开呢？好人和坏人，好事和坏事，赞美和批判，歌颂与暴露……人们总想把这些分个清楚、划个明白，这正是人们的幼稚处、简单处。怎么可能呢？因为它们恰恰是相依存、相渗透、相转化的，谁若是不敢正视这两面，谁就是始终软弱、蒙昧的。

战争总结

昔日古战场，今朝坦克师。坦克师是现代的重甲铁骑兵营地，它的"坦克师"三个字很容易使人联想起曾经驻扎在酒泉的那些骁勇的骑兵前辈，当然，更容易让人缅想起战争这个怪物。

有人说"长城就是中国的一部《战争论》"，这话有几分气势，乍听起来也新鲜，仔细琢磨一番呢？似乎也是这么回事儿。但是我还是要说一句丧气话——中国自古以来虽然有过数不清的战争，老祖辈们却向来不把战争叫战争，只把战争叫"打仗"。打仗是一种更乡土、更口头的说法，代表了民间对战争的眼光，有一股轻视的态度在后面藏着。打仗，不就是和打架性质上差不多的事儿吗？两国打仗不就是比两个小孩打架放大了一级吗？在老祖辈眼里，打仗没有什么神圣感，只有滑稽，可笑，只有不成熟的部族才热衷于这档子事呢，要是谁碰上这两个放火的劣童打起仗来，最好采取容忍、回避的态度。倾家荡产，流离失所，就算让两个打架的人砸碎了一些坛坛罐罐，自认倒霉。历史上常有的"父老乡亲箪食壶浆以迎将军者乎"之类的举动，不就像哄孩子劝架一样吗？

　　既然已经是"打仗"，似乎也就没有什么更深刻的原因和背景，而只有谁有理谁没理，"一时胜负在于力，千古胜负在于理"（这更是一个评判小孩子打架的说法了）。所谓"人心向背"，也不过是谁对老百姓的损害小一些，谁对老百姓的态度温和一些，不蛮悍的一方，就是好的，可以拥护坐朝廷。

　　战争这个词，却有某种庄重感。它含有比夺取权力、一般的国家利益更高的意义，往往涉及有关正义真理、宗教信仰和人类生存状态的大问题。它的发生不仅由于现实的利益，还包涵着更深刻的意识形态的因素。

　　战争可能不仅仅是"政治斗争的最高形式"，也不仅仅是经济竞争的武装冲突，而是——更重要的——人类各种不同的意识形态和生存方式之间的较量。如果不这样看，可能就不能够找到导致战争发生的那个最深刻、最广泛的原因。

　　无论是由于经济的、政治的、还是宗教的、种族的原因，在人类战争的纪录上，那些大规模的，牵动起无数国家投入的大战除了留下难以忘怀的创痛之外，还留下难以忘怀的思索。这种思索超越了战争，直达对于人类本身的探究和重识。这种思索使战争行为有了庄重的意味，它并不显得滑稽可笑，因为它饱含了痛苦、反省、困惑和探究——"我们从哪里来？我们要到哪里去？"是大战使全世界产生了对人类自身的终极关怀，这不是小孩子打架，而是伟大的哲学思考。

　　在这样的思考中，人类从战争的重创和启示里站立起来，一步步变得清醒理智了，艰难地进步着。

　　然而打仗，却没有给中国人提供这样宏阔的视野，它提供的除了苦难，就是悲天悯人的"民意"思想。我们的战争，太内部了，太本土了，我们的战争大多只是一些战乱，是长城之内国家秩序的一时混乱和争斗。

为此，我常常遗憾于我们的仗打得不够深刻、不够广阔，虽然并不因此少死过人，但并没有为我们民族的灵魂增添一些更刻骨的东西。

长城把这种思想产生的可能性挡住了。

"秦王扫六合"，那是吞并而归统一；

刘邦、项羽之争，那是两个想当皇帝的人在乱世的争夺，除了对谁当皇帝的问题意见不合，其他的并没有更多的分歧；

至于"午门之变"之类的历代层出不穷的残酷权力之争，只是宫廷内部的派系王位之争罢了；

李自成、洪秀全呢？那叫"起事"，是国家内部被压迫者的造反；

卫青、李广、霍去病呢？不过是局部地区的边境武装冲突而已；

戚继光，只是有效地维护了沿海地区因外商海盗引起骚乱时期的治安而已，警察的职责；

中国历史上实际上只存在着两种形态的"战争"。一种，是统治者内部争夺天下；另一种，是被统治者对统治者天下的争夺。目的都是一个——天下，得天下者为天子。"成者为王，败者为寇"，同一个目标却得了个截然相反的结局，"王"与"寇"何其相近也！这句由老百姓总结出来的俚语，稳稳地说出了一个本质："王"就是"寇"。

难道中国就没有可以称得上是战争的么？

有，那就是冷兵器时代游牧民族对农耕民族的几次大征服和大融汇。嘿，那才叫"战争"呢！马背民族突破长城的历史瞬间，可以想象是何等的有声有色、惊天动地！

这是中华民族的文化受精的时刻。

公元一千二百年左右，蒙古人的海洋王铁木真面对南方吐了一口唾沫道："我以为中原皇帝是天上人做的呢。"说罢跨马扬鞭北去。之后不久，随着对这个幻象的唾弃，克鲁河畔传来了成吉思汗对天祈祷的誓师吼声，蒙古骑兵大规模地起动了。

此后不到四百年时间，这历史上惊心动魄的一幕又重演了，赫图阿拉城里的后金大汗努尔哈赤又一次以"七大恨"为名仰天请命，誓师伐明。萨尔浒一役，七万长于野战的后金旗兵，将号称四十万的腐败明军杀得尸横遍野、丢盔弃甲，十万八旗铁骑又一次围猎到山海关前，马蹄又叩响长城……

马背民族原始野蛮扩张力的逼迫，高度文明的中原母体文化的抗拒，在每一座城池下演出的攻城与屠杀、尽节与妥协、抗击与出卖、名将与奸佞……常常是史册里所不堪详述的。只有在野史和演义里，我们才能看到鲜明的正面和负面。每逢中原危难，则必有名将出，宋有岳飞，明有袁崇焕，农业文明所养育出来的补天人物不曾被马蹄踏倒，却凌迟在自家的午门外！含冤苦死的野战大将自古不知有几百几千，遗臭万年的宫廷奸相却只有一个秦桧，这是一个多么古怪的现象呀！

正是在这时候——长城这象征着守护农业文明的裤腰带，一次次地，被粗硬的手强行解开了。

这不叫"打仗"，这叫战争。

随着这种大陆板块式的错动、震荡、沉移、组合，大规模的人口迁徙、宗教挪位、文化交流、民族融汇才成为光天化日之下的事实。战争所带来的变革，是一个长期处于凝滞状态的社会平常不敢想象和不可思议的！

它体现了历史强硬、冷酷的一面。

剥掉温情脉脉、礼义廉耻、父慈子孝、夫唱妇随的文明面纱之后，露出了人类原始本性的那一面——那是一种令人恐怖的真实。可不可以这么说呢，人是有兽性的，人类是有兽性的一面的。既然承认人性，这同时也就说明了还有兽性。而这种兽性，其实也正是人的本性的一部分，隐藏的、潜在的、恶的、原始的一部分。这一部分压抑积蓄到了一定的程度，总会爆发、破坏，推翻一定时期的文明，然后孕育和诞生一个新的、更高阶段的文明。

这个看法恰好和我喜欢的奥地利作家茨威格对战争的描述不谋而合，他在《昨日的世界——一个欧洲人的回忆》中写道，"说不定在那种飘飘然的感觉之中还有一种更深、更神秘的力量在起作用。那股向人类袭来的惊涛骇浪是那样猛烈、突然，以致把人这种动物身上暗藏的无意识的原始欲望和本能翻腾到表面上来，那就是弗洛伊德深刻看到的、被他称之为'对文化的厌恶'，即要求冲破这个有法律、有条文的正常世界，要求放纵最古老的嗜血本能。"

我想，战争固然可怕，固然令人憎恶，但更可怕的却是对战争现象的麻木、不能认识。战争给人类带来了什么？死亡、废墟和灾难，但同时也应该带来全新的认识、更深刻的理智和精神家园的重建、涅槃！

若是想弄清中国封建文明的这枚仙桃何以能历经两三千年而长久不衰、老而弥鲜，谜底就在这儿。因为每当它衰腐、变质时，便有长城之外的游牧民族强盛起来，以战争的方式突破长城，把洋溢在山野大漠间的原始生命活力注入进来，使之重新开始一次轮回。那生命活力是那样充沛、那样野性而活泼，它毫不自知地成了封建文化的天然防腐剂。

它所带来的深重的灾难，对城郭的劫掠，对田园的破坏，对千百万饱受马蹄践踏蹂躏的中原人民所造成的痛苦，是任何一个人也不能抱幸灾乐祸态度的。然而我们在总结这些以长城为界无数次重演的战争时，在悲剧的痛苦面容之后，能不能寻觅到一点什么规律呢？那些写满史书的战争现象下面，究竟藏着什么？设若藏着什么，那么探索正体现着现代人的对民族历史的更高、更科学的关怀；如若没藏着什么，那我的尝试性总结就几乎接近于强盗逻辑。但我相信，历史是后人采掘不尽的富矿。

历史呀它同时又是无知的。它哪里就一定明确什么使命呢？它哪里就清楚什么进程呢？它往往就是那么自在着，矛盾着，冲突演变着；是一种什么内在的力在引导着它？又是一种什么样的奇怪的力在破坏它、分裂它？哪里是一定能说得清的呢？导师、哲人或者预言家，他们指示了，说了，有时候众说纷纭，七嘴八舌争执不下，偶有巧合便被奉为神明。其实，不是因为说了河才那样流，而是河就是那样流。规律对于预言家的嘲弄有两种方式，一种在他活着的时候，另一种在他死后。然而预言家是绝对必要的，因为人们需要。想想，要是没有预言家，人们该怎么活呵？

所以我不喜欢什么预言，我只喜欢总结。我甚至感到一切预言都隐藏在总结里。一切已经过去了的东西其实都没过去，它只是在更远的前面等着你。

长城之所以能够超越了一座土垒城垣的意义，长城之所以远远高于"墙"的意义，就在于，它是古代中国的一部总结，因而必是未来中国的一个预言。

读长城——

假如你有能力读它的话，你会读出它沿着崇山峻岭起伏的山势倾斜俯冲、曲折回环、攀援腾翘时的无声音乐；你会听见它奏响的声音，交织的旋律、时而高亢时而悲怆的男独女独；你会听到令人心酸落泪的民歌，你还会听到从周围无尽山峦的背景里传来的低沉有力的混声合唱，那里时起时伏着呻吟和低哭……它是一部没有交响音乐的民族所创造的唯一的、无声的宏大交响乐章。

它会使伟大的音乐雄狮贝多芬因为未能听见人类这样的声音而遗憾。

哪个民族有这样悠久、漫长、高度概括、内容丰富、由劳人的手和白骨砌成，为数代的帝王构思、指挥，并引起历代诗人吟叹的一部巨构华章呢？这史诗是现存的、颓倾的，又是完整的、不灭的，长逾万里、连通千年。在它的每一块砖石的时间泅影上，你都可以看到殉道圣徒梵·高的名画，看到"吃土豆的人"，看到麦田上的乌鸦，看到向日葵。

所以要读长城啊——

今天全世界的心智清醒的人们包括诸多总统元首，都不辞辛苦渴望一睹长城，作为中国的活在今天的人，难道还不该读懂长城么？

长城不仅是一部中国的战争论，长城比战争大得多。战争假如是一条江河的话，长城就是大海，它容纳它。你可以同时把长城说成是任何论：种族论、史纲、经济发展的缩影，政治兴衰的见证，文化交融论，宗教变迁史……全都可以，遑论战争？

这是一部众神之车。

这是一个形而上的载体。

你仔细读下去，就会看得到：在长城的土墩、废垒、残墙、断隘之上，在堠、庭、障、塞、烽燧之上，还有一座凌驾于长城之上的长城，它正从古长城里升浮出来，如魂魄附着并游离于躯体之上，悬浮在半空，大气游虹，缠绵云朵，它俯看着它。

你看见了吗？你是不是能够看见？

　　那是长城的魂魄、精神、气质和全部履历。咳，说起履历，谁能有比它更长、更复杂、更惊心动魄的履历呢？一个人有肉体和灵魂、有现实生存和精神世界，一只动物、一叶草、一块石头呢？也应该有这两个方面。只是人们不知道、不理解罢了，人们愚蠢地以为那仅仅是呆板的存在，其实一叶草、一块石头也在吐纳呼吸，影响风云变幻、参与宇宙运行呢！何况长城了，这座绵亘上万里的庞然巨物；这大陆腹地的巨鲸，这熬过了漫长岁月的独存的史前期恐龙，它所包容的精神履历该有多么博大！

　　长城，可以这么理解它：

　　它是一道成了精的大土墙。

嘉峪关怅想

　　我早就对大西北的古怪神秘想不通了。面对再繁华的都市，我想得通；面对钢壳大厦和旋转餐厅，我想得通；音乐喷泉、超级市场、观景电梯，我也想得通；甚至我还可以想出比它们更妙的来。但是嘉峪关一带的古怪，你没法子想通。

　　在这里有一种奇怪的错位感，它不仅使人迷失方向，还使人时空颠倒，不知今夕何夕。在贫瘠黯淡之下，总有一丝不谐和的东西若隐若现，闪露一下，随即不见。

　　在这袒裸的、有些地方不知被谁的手堆积了一些卵石的戈壁上站立一阵，嘉峪关在不远处像幻影般矗立着。使你真假莫辨，不知是真的还是海市蜃楼？就是用手扶住城墙，你还是觉得不可信。

　　然后，你登上嘉峪关城楼。劲风入怀，拽扯你的前襟，仿佛向你索要灵魂并把它带走，苍灰无语的长空正等着你的灵魂入伙；你会觉得在这箭楼上灵肉很容易就被剥离了，魂灵如一只灰鸽扑啦啦就飞走了，惊吓的肉体哆嗦了一下；极目一片空阔，相对只有积雪的祁连山矮矮地逶迤。一列火车奇怪地从中间插过来，脑后拖着一团白烟，无声无息地爬过去，像一只蜈蚣，迅速从两只大脚之间逃离……

此时此地，忽然很多可疑的事物和想不通的念头全涌上心来，拥挤过来让你解释、作答，包括童年幼时的一些不理解的心思。你会忽然发现，原来在人生的旅程中，你随手扔下了那么多未解的问题：你以为扔了就扔了，无关紧要，不料它们原是影子一样跟踪着你的……

可疑呵，怎么能不疑呢？

想不通呵，谁就能不想自通呢？

比如——堂堂正正巍巍峨峨的嘉峪关用了几万几千几百几十几块砖？这本不是件值得留心的事。可是据说当初的工匠偏偏盖完了城楼只余下来一块砖，把它平平摆在箭楼后背处谁也够不着的地方。

一块砖。一块刚好多余出来的砖。后世的人谁来都能看见它，谁也拿不走它。

什么意思呢？

比如——兰新公路的山丹以东大黄山处，有个地段叫绣花庙，平平展展，空空旷旷，路边有几段长城遗址，平白无故总是出车祸。有一年竟发生三十多起翻车事故，白日见鬼，咄咄怪事！

又是什么意思呢？

比如——敦煌有鸣沙山，沙山大得惊人。它不像细沙堆成而像是传说中的一个聚敛财物的巨盗遗物，被点宝成沙。鸣沙山下有月牙泉，一潭形似月牙。独存于众沙山环绕之中，几千年来，不涸不溢。客若自沙山滑下，无数细沙随之流淌而下，空谷之中，时有怪鸣声起。闻之怪异，四顾俱寂，不知自何物发出。

难道不可疑么？

比如——号称是中国的吉卜赛人的薛家湾算命者，你若问他"能不能给外国人算命？"他摇摇头，"不能。""日本人呢？"他点点头说，"可以。""为什么呢？日本人不是外国人么？"他答得巧，日本人系同种。

你要是对他说：唬人呢吧，谁不知道算命是假的？他听了眼皮一耷拉，回你一句，"人不唬人，才是假的。"

这还不够你好好琢磨一阵子的么？

还有，古怪的事儿多了：

大碱草滩边的公路上，一个人骑着一辆自行车缓缓行驶，身后却牵着一串子骆驼。真叫奇怪：你养骆驼还骑自行车干什么？你既然骑自行车还养什么骆驼？爱好？习惯？风俗？

还有，人们都知道著名的西北花儿会：

真实的意义决非仅仅为唱歌，唱歌哪能使人几天内着魔似的、长了翅膀似的一会儿出现在这座山头，一会又出现在另一座山头呢？三天野合，三日杂会，一年当中对婚姻的三天短暂反叛。在一个封建传统深厚的、封闭而又僻远落后的地方，在农民中间，出现这样一种对风流的宽容习俗，发明这样一个肉体短期解放的节日，还不让人惊奇么？

大西北，正是既古且怪，合起来就是"古怪"。

你看它贫瘠荒凉极了，但是谁也没有它那样丰厚宝贵的历史遗赠，谁也没有它那样雄伟的嘉峪关，壁画灿烂五百洞穴的莫高窟；

你看这里的人憨厚极了，老实巴交极了，但是谁也没有他们浪漫得狠、风流得透彻；这些土著唱出来的情歌，能把最疯狂的摇滚歌星吓得从台上栽下来；

你应当认识认识这些淫荡的庄稼汉；

你应当壮起胆来听一听这些西北人的"爱情歌曲";

这是何等放荡和露骨的色情啊！任何一个腐朽的资产阶级，也不敢如此无遮无碍地大胆；任何一位颓废的嬉皮士乐手，也不敢这样恣意纵情。你听：

> 给五两银子你住下，
> 天还没亮你又要走哪搭？
> 白生生的大腿红丢丢的屄，
> 这么好的东西还维不下你？

有一句话叫"物极必反"，你看像不像？

封建思想是属于谁的？是属于封建统治者的专利。他们以此压制民间的活力，捆绑人民健康的肢体和欲望，把人民的要求压抑到最低限度，这样的"人"是最好统治的了。这些反人性的伪道德、假伦理，从本质上从来没有一天是属于劳动人民的，它从根本上对立于劳动者健康、纯朴的生活。

最坚决而无声的反抗，恰恰就在这些"淫荡"的民歌里，而不是什么"口号"。

最坚韧而深刻的对抗，往往就在这类"露骨"的山曲里，并不是什么"标语"。

莫高窟神游

莫高窟。

早就听说你——敦煌莫高窟。

听说的时候是个少年，传说中的你朦朦胧胧，神神秘秘；我照样也是没有急于去访你，我知道，去早了也是白去，反正你等在那儿，等我到了能够认识你的时候，再去不迟。

我早就知道有一个常书鸿，留学归来守住了西北祁连山下的一座洞窟，在滚滚黄沙、满目荒凉中皈依了艺术的至高如来，成为圣徒；

我也听说过五百个强盗成佛的故事，人性的这两极之间，究竟有多远？从强盗而佛的历程，可以是终生无法抵达，也可以是一夕悟透瞬间蜕变？

我还知道有一只九色鹿，在诱骗和围猎中钻进一座洞窟，往墙壁上一靠，化作了无法再射杀的壁画；

哦，敦煌莫高窟。敦厚辉煌莫如其高的艺术宝窟。关于你，我知道得还是太少，我准备得还是太不充分了；当我走近你的时候，我看到五百个洞窟似五百只佛眼无声地望我，它们有一个共同的流沙披散于土崖的荒凉额顶；这座洞窟的整体就是一座造型怪异、内蕴深含的雕构，它外貌的荒凉和内脏的灿烂同样令人惊异，它的处境所呈现的被遗弃状和它的内心所呈现的永恒固守一样强烈；它是那样一种随时有可能被重新埋没的永恒，又是一种因了极其偶然的原因才得以重现辉煌的安详。

哦，你看它自然如初的态度，就似乎是从未被流沙淹埋过，就仿佛是它一直呈现着，对它来说，千年只是一瞬，"昨日今我一瞬间"。它既没有丝毫因重见天日、大放异彩而表现出的庆幸、自豪，也没有一点儿由于久埋地下而流露出的委屈、沮丧；

它就是那样自然如初，新我如故。

千载的沉埋对它来说兴许正是无知无觉的昨夜一梦呢？它睡了一个好觉，刚刚醒来，不料竟名满天下、访者如流。它觉得非常、非常奇怪。

或许它并不认为画了壁画的洞窟就一定比没画壁画的洞窟伟大。

或许它认为每寸土地上其实都印满了祖先生活劳动的印记，都渍印了先人的汗水和泪水，都渗透了前辈的鲜血……土地才是一幅真正的不断创造着的壁画呢。

或许它早已知道，一切都不是侥幸的、偶然的，它的呈现早在预料之中。

是的，莫高窟正是这样呈现着。

敦煌城外十五公里处，坐落着的一座三危山的山湾下面，就是了。如果不走近，谁也看不出这里有神藏秘设；即使走近了，也还是不大容易辨出；拐过了敦煌研究院的整齐庭院，才蓦然闪出一座仙窟佛洞。

荒凉幽静，佛眼低垂。

白杨肃立如仪，柳枝如丝如绦。

有一河自湾前驶过，暮冬如冰道。

冬日的辉光恰恰笼罩，给每座洞窟之上勾勒、涂抹出一道金额，愈发显得窟眼深邃。

为了保护这些洞子，每个洞窟都封上了钢门，编了号，这样一来宛如戴了新潮眼镜的五百只古老的佛眼。

有一位西部诗人这样写着：

> 菩提树筛下的阳光
> 在草坪上渲染着沉默的绿色
> 九层阁无语伫立
> 没有钟磬声
> 风铃也不再鸣响
>
> 黄、白、褐肤色的旅人
> 宛如一尾尾游鱼
> 从一个洞窟静静地滑向另一小洞窟

正是这样——"静静地，宛如一尾尾游鱼"，在三危山下，九层阁前，藏经洞口，只有屏住呼吸，连一个赞叹的气泡也不敢放出来，仿佛在岁月深奥庄严的海底移动，仿佛是戴了潜水面具的人正滑动在一艘巨大的艺术古船的海底残骸面前……哦，在超拔世俗生活的灿烂圣画面前，我只能变成一尾默默思想的鱼！

从一个洞到另一个洞，参观了二十几个洞窟，半天已经过去了。还有四百多个洞呢，看得完吗？

而且，即便就是住下来，细细地看上一个月，对我这样一个没有宗教生活、缺乏历史知识、毫无美术修养的人，又有什么意义呢？

稀世的艺术珍品是不可能像金钱那样被普通的人们轻易地认识的，虽然它们往往是无价之宝的被蒙尘遗弃和舍身探求之中显出了悲哀和勇气，显出了人类价值判断中独有的精神分量！

鉴赏，这需要多少学识、经验、智慧和判断力，还需要多大的力排众见的勇毅！除了古玩字画之外，我们这个长城民族在其他的领域内缺乏"鉴赏家"，这足以说明已经有不知多少无价之宝被湮没毁弃了。留下来一则伯乐相马的故事，像嘲讽似的备注着……朝朝代代，依旧是黄钟毁弃，瓦釜雷鸣！

所以我真正来到莫高窟下的时候，我只能老老实实地坦白承认：我尚未达到真正认识它的程度。我所与众不同的品格是，在人们的一片热赞声中，我敢于承认自己的无知；同时在面对我尚未能深透理解的美好事物时，我懂得敬畏与虔诚。

我想问——

三危山，你所预示的是哪三危？

九重阁，你又象征的是哪九重？

莫高窟，你所说的"莫高"，是一种对世人的警诫呢，还是一种对自身的赞许？

最后，我唯一能够做出的判断是：古代世俗生活透过宗教折射出的灿烂艺术光辉，是多么美中不足，令人遗憾。为什么人的生活画面非要通过神的折光才能保存下来呢？为什么不能用三百个洞窟直接描绘当时各阶层人们的生活场景呢？想想，那该是多么有趣、多么活生生的画面，同时又是多么珍贵的历史资料啊！可惜，只有描绘神的圣画才是可以动员如此浩大的工程的，而人的生活则被人不屑于描绘。人曾经是这样地瞧不起自己，绘画的人也曾经是这样轻视自身的生活，而却专心地、满腔热忱地用毕生心血、用金粉五彩描画神的传说、佛的经典……我看到，辉煌卓绝的艺术巨匠，那时不过是宗教的仆人、政治的奴婢，无论她有多么惊人的容貌，她都是跪着的。

　　人啊，什么时候，

　　你自己站立起来？

古币收藏家

在西部长城与古代丝绸之路重叠、并行或交错的一些位置上，我结识了一些古币收藏家，还荣幸地被邀请到他们家里去观赏收藏品。

说真的，我不懂。

就像一个从不集邮的人翻阅浏览一位集邮行家的珍藏本时，对真正有价值的邮票一翻而过，而对一般的花里胡哨的邮票却大加赞叹那样，我相信我也表现出了外行的十足肤浅。

但是我对这些民间收藏家的兴趣比对那些古币大得多。

究竟是什么原因、什么心理，使他们对这些一般人眼里的破铜烂铁、奇形怪状的石头、贝壳、小孩踢毽子的垫底，显出如此的迷醉和嗜好呢？

当他们从内室的暗藏处抱出一个又一个古坛罐，倾倒出各式各样、各个朝代的钱币时，他们的手兴奋得发抖，脸上大放异彩。他们细数家珍，杂乱无章的历代通宝在他们眼里井然有序，仿佛各个朝代的铜甲铁兵正在向这唯一的统帅和主人纷纷报到。他们只要看到你惊奇了，赞叹了，便会根本不考虑你是不是真正的内行或知己，完全忘记审查你的来历和用心，兴奋地、略带神秘感地又去打开一个柜子，继续不厌其烦地抱出一沓沓类似账簿或集邮册式的集币册，一页页打开，里面全嵌满了精致漂亮的古币……像婴儿室里刚诞生的娃娃一样，通体透红，个个在自己的小床里睡得安详！

时间的清道夫无情地打扫并埋葬了这些钱币所属的时代。这些全是从一次次清扫的扫帚缝儿里侥幸遗漏的幸存者，它们穿越了漫长的年月，身上长满了苔锈绿斑，从一双手到另一双手，从一个钱袋到另一个钱袋，从被人珍惜宝贵到被人遗弃撒落，从代表着价值到只剩下自身……抚爱过、攥紧过它们的一双手已经成为白骨或尘埃，它们却还活着——穿过时间的隧道，叮当一声，落在了早就等在千年之后的这位收藏家手里！

现在，它们又聚会在一起了。

这些古币，同一个朝代的，不同朝代的，又碰在一起了。它们偶然间互相碰撞，发出彼此问候似的清脆声响；更多的时候则是默默相望，仿佛在辨识着对方身上的古怪胎记。

你们彼此认识吗？

有的认识，有的不认识。

但是你们的名字都叫"钱"，都是货币家族里的成员。贝壳币、石币、刀币，这些看起来脆弱的是年长的；开元通宝、大清铜币、"中华民国"开国纪念币，这些浑圆硬朗的是年幼的；如今你们不约而同地来到本世纪末这个不属于你们的陌生年代，属于了同一个主人。怎么样，习惯吗？现在吃香的是纸币"大团结"，你们在世上横行的时候它小子还没出生呢，可是而今它神气，年纪最小偏要叫"大团结"，你们能怎么样？不服气？——它买你们！

虽然都是叫钱吧，可钱和钱也不一样，退休的钱和在职的钱不一样。"大团结"成天被人捧着、掖着、揣着到处乱逛，你们只能在这个老头儿的柜子里、坛子里憋着。忍着点儿吧，孔方兄！连钱也有背时的时候，遑论其他？

还得多亏这几个老头儿呀，他不势利眼，他疼爱你们。他舍得用几十年光阴满世界地搜寻你们，就跟找寻失散多年的儿孙们似的；他还舍得拿时兴的纸币去赎还你们的铜身，和犯了呆痴癫狂症似的；唉，他哪儿来的这股子邪爱呀？

这不，搜齐了。干什么用呀？

这些大多在五十岁到六十岁之间的民间古币收藏家们显然不是为了卖钱。虽然他们当初一点一滴、积年累月的搜求而今已经成了一笔价值可观的财富，但他们宁可囤积自赏也不打算高价卖出。

"收藏家可以说是另一种历史学家。"

"某些古代的遗迹由于偶然的原因存留至今，从而满足了人们用手直接触摸历史的愿望。"（南帆《论收藏》）

我想可以这么看：这些历史久远、琳琅满目的历朝钱币，可以看做是"长城"这条历史的龙因朝代和季节的更迭而蜕落下来的鳞片！

是它的鳞片，一点儿不错。在它蜿蜒经过的地方，在世纪的大尘埃和时代的大流沙掩埋过的繁华故地上，细心的收藏家搜寻着，发掘着，珍藏着。

当然，还有箭镞、折戟、锈蚀的盔甲；

还有散佚的典籍、焚烧的思想、遗落的农书药典；

还有古朴的犁铧、最初的锄、镰、耙、锤；

等等这些，都是鳞片。

第二章　山西篇

壶口

黄河到此一声吼，
万里烟尘一壶收。
巨灵神又入魔瓶，
八阵图重张虎口。
过关兵将浪挤浪，
逃难流民头碰头。
大禹缘何出此计？
缚得黄龙哭未休。

　　那一刻，西北胡儿周老涛立于崖上，望浊流滚滚，万里磅礴而来，不防十丈悬崖一条地缝，前拥后挤，收不住脚，遂一股脑儿跌扑下崖去，还不及发一声喊，便被一条等在下面的地缝儿尽数收掠过去！万里滔滔，顷刻粉身碎骨，化为规规一流……变戏法似的！周老涛本来刚刚学作了几百首新诗，充数算作新诗人，但那一刻浊浪溅脸，沉雷袭耳，惊心动魄之下，竟突然觉得新诗可笑起来，似唯有旧体可以合此拍律。乃口占一律，胡诌出上面这首诗，也不知像不像。

周老涛观壶口始觉一惊。数里之外已经听见轰隆作响，如炸山开路，油田井喷。山虽未摇，地却在动；风虽未行，云已变色。及至目前，浊流争泻，壶口爆炸，乱石崩云，激起浪千叠！正是一场怒浪与顽石的鏖战：怒不可遏的浊流攥成拳、聚成掌，以千钧之力直劈下去，恨不得一击拍碎山岩的额角、顽石的脑颅！其势何壮，其威何猛，其激情何等滔滔不绝，以万里黄河拔山盖世之力而击一隅十丈顽石，又何坚不可摧乎？然顽石有根，连山据地，以光头颅迎热米汤，屏息敛气，挺项凝神，崩然而粉碎者，浊浪四散也，而顽石竟无恙。如此，三番五次，轮流轰炸；经年累月，负隅顽抗；吾不知有何家仇国恨而使二位这般不依不饶、舍命相拼呢？此为一惊。

惊过之后，继而一笑。放过那些殊死拼搏的气概不讲，定神细观，就见出大自然鬼斧神工后面的滑稽了。偌大的一条黄河，浩浩荡荡开拔过来，黄河之水天上来，黄河远上白云间，多么庄严，何等气势！你怎么看也想不出这么浩大粗壮的一条河……它怎么能从这么窄小的一个壶口收拢过去呢？这不是和"牵着骆驼过针眼"一样难么？这不是和逼着大象穿短裤一样滑稽么？好笑就好笑在，它硬是过去了。过之前，它又吼又叫，又打又闹；过去之后呢，他倒反而平平静静，无声无息。那么伟大的一条黄河，竟和小孩打针一样岂能不令人会心一笑呢？

会心一笑之后，本来就应该"深思"一番，最终要总结出一些什么"人生的道理"才好。使劲想了想，没有。石头就是石头，河就是河。石头要扎根，河要流，不讲什么道理。硬要从中找出什么"哲理"，那是寻章摘句的老雕虫。老老实实地说呢，壶口就是这样一回事：黄河流到这儿，地上忽然出来个大窟窿，几丈之深，仿佛一张吸水的大口。看着那口不甚大，似乎吞不下那宽泛汹涌的浑水。

　　但是它竟然吞进去了。

酒一样的乡情醋一般酸

　　我又回到咱山西的土地上来啦！

　　你好，老家！你好，亲人！还有父亲当年遗失在这里的脚印和身影，它们……也好。

　　我的心情有些激荡，但同时又有一种自发的抑制，我有些明白了，是我真正的家乡——新疆在抑制这种自作多情的、有害的情绪，它在意识深处时时提醒着：不，你和这里没有太多的关系，你只不过是生在这里罢了，而生在这里——没有长在这里，能算什么特殊意义呢？这里的土地和人并不认识你，你对它们是陌生的呢……

　　真正意义上的乡土是独一无二的，就像母亲，只有一个。它绝对排斥任何一种分享这类感情的念头，它对一个人精神之爱的独占是蛮横的、排他的，同时也是强烈自私的。哪有什么"第二故乡"啊？只有一个，那就是培养了你生命的根系的唯一的土地。

　　我意识到了这一点，就感知到了我和新疆这地方的一种可怕的联系，这是一种难以离异的婚姻，它将束缚我，使我难以割断。我只能是"游牧长城"的啊。"但是，新疆啊……"我在心里默默对它说，山西不是我的乡土，但却是我父母的乡土，是我的籍贯，凭着这样一种联系和感情，总是应该被允许的吧？它没有再出声，似乎是有些默认了。

这是一九八九年的四月。

汾河平原坦荡地呈现在我的眼前，一类熟稔口音与这块土地的一致性、同味和神似，还是激起了我的亲切感！心里不由自主就响起一支歌曲，"人说山西好风光……左手一指太行山，右手一指是吕梁。站在那高处望上一望，你看那汾河的水呀……"这调子，这口音，实在是很山西的。

山西人究竟有什么突出的特点呢？我想了想，觉得归纳不出来。善良淳朴？不完全是，刁钻鬼坏的山西人也有的是。长于理财？也不尽然，山西人虽然以吝啬闻名，出了不少商贾和后勤部长，却也不乏一掷千金的浪荡子、穷困破落的败家奴。所以，同一种品格来概括一方水土上形形色色的人们，是一种十分荒谬浅薄的认识，一种十分低级的、过时的眼光。比如说，人们都说山东人豪爽，其实善用心计的山东人更多；人们都说河南人侉，其实高雅细腻的河南人也不少。再比如说，我们总说中华民族是勤劳勇敢的民族，那么世界上又有哪一个民族是不勤劳、不勇敢的，是懒惰贪婪、怯懦阴险的呢？（所以，用一种品格来概括一方水土上形形色色的人们，是十分荒谬的。）

一个地方的人们有没有共同的东西呢？有的，但绝不是品格，品格是人当中最千差万别的东西了。一对孪生兄弟，相貌可以像到如复印的一样，但品格完全不同，性情可以相反。

一个地方的人们最显著的共同性，是口音。不同的国家和民族有不同的语言，同一个民族的不同地域的人有不同的方言，达是一种天赐的共同性。国家可以统一，度量衡可以一致，钞票可以统一发行流通，文字可以简化，邮政编码可以推行，甚至最难做到的计划生育都在实行中，但是，地方方言是难以用普通话全面替代的。最难听的地方话也不甘心退出现实生活的舞台！至雅至美的普通话也扑不灭四处蔓延的方言的野火！

土地给了我一个那样说话的舌头。

我们这么说话，而不那么说话，这就是地域和水土给我们的一个最显著的特征。你要是听惯了，说不定能品味出这里面独特的音韵美呢！

我的老姐姐张水兰就说着这种山西话，她住在临汾城里已经多年了。她有一个妹妹说的是标准的上海话；还有一个妹妹说的是纯粹的北京话；一个大弟弟说的是掺杂了上海话的山西话，像是在山西汾酒里兑了百分之四十的上海牛奶咖啡加冰块，听起来这种"不谐和声"有一番别样的妙味。

我是她妈妈的弟弟的长子，我在临汾住了三天，就是为了试着承受一下她那纯粹山西式的乡土情调和咬牙切齿、发自骨髓的血亲之爱。她把她对我父亲的爱拿出三分之一倾泻到我身上时，我就已经感到黄河决堤的猛烈力量了！

我的老姐姐张水兰，是一个普通的女干部，一个乡土的马列主义老太太，一个党员。在任何一项原则问题上，她是决不允许任何非党的倾向存在的，她眼里不揉沙子、立场坚定、爱憎分明。但是在对待她所爱的亲人时，她表现出不问青红皂白、不管四七二十八的全面的母鸡式的庇护和死亲，可以说是一种越超意识形态的超阶级的爱。对我这个穿了几天军装的散漫诗人弟弟，她是这样在心目中塑造的——

她说："你找到我家之前，先到我单位办公大楼去找过啦？"

我说："去了，所以我才找到这儿。"

　　"你打问的那个办公室的女同志，后来给我说啦，"她笑眯眯地说，"人家说那就是你弟弟？我说是；人家说，你弟弟坐了一辆小卧车来找你，那气派一看就像个省级干部……"

　　我说："还省级干部呢？县级也不是。"

　　她说："那怎么陪你来的都是些上校、大校哇？"

　　我说："那是人家对外来的客人礼貌、客气，是人家的接待工作做得细。"

　　"反正看样子你的官也不算小了，是吧？"她很高兴地、很神秘地望着我，非常期待的样子。

　　我不忍心让我的老姐姐失望，我也无法改变老姐姐的价值观，我知道，我就是一文不名地来了，她也会照样对我亲，她不势利，她只是盼我好。我怎么能告诉她我现在已经是脱了军装、改成文职、不师不团、非驴非马呢？我只能说，"拿一个副师的钱吧。"

　　我老姐姐听了，很深沉地点了点头。

　　三天中，老姐姐每天早晨要用六至七颗荷包蛋来表达她的深情厚爱，用大量新鲜猪肉和鸡鸭鱼肉以及名酒对我的胃实施轮番轰炸和大水漫灌，用本家族各支系之间的历史渊源、亲疏过程、秘事隐闻向我传输最高的信任。除此之外，她决不允许我做任何有益于身心的劳动。我刚准备擦桌子，她立即跑过来喊"有人擦"；我正拿起扫帚给她扫院子，她马上夺走扫帚说"不用你"；我刚看一本资料不到三页，她立马就会提醒"小心坏了眼睛"；我没事上街转了一圈，她竟说"走丢了怎么办？"……

　　有一天，她很关切地悄声对我说："你爸四二年被俘，就让日本人关在临汾……现在那地方还在，改成动物园了，要不要去看看？"

　　"嗯……"我想着，父亲当年受罪的地方，去看看是应该的。

只是物景全非，昔日关八路军的地方，今天关着一群猴子、一只狗熊什么的，实在不是应有的象征意味儿。我沉吟了片刻，"算了，改成动物园。"老姐姐也不坚持，叹口气，"你爸爸这一辈子，可没有少受罪，两次开除党籍，还去了新疆……唉，那么好的人品，老革命。"

看着她这副多愁善感心细如发的样子，我就想起有一年夜半她一家送我上火车，就因为她丈夫从另一节车厢送车让她好一阵找，她跺着脚在车厢里破口大骂、怒气冲天，激情不可遏止。满车厢沉睡的旅客被惊醒，瞪大眼睛望着她莫名其妙。她不管不顾如入无人之境，滔滔宏骂，咬牙切齿，那一刻杀人放火她都在所不惜，直至气消力竭。

我老姐姐的激情比我充沛多了，她要是写诗，准是豪放派。

这是一个典型的山西人，重感情，重家族观念，有强烈的家国意识，身上有一股粗狂浓重的边关悲风。燕赵多慷慨悲歌，三晋惟巾帼气盛，难怪这地方出了武则天，又出刘胡兰呢！一座娘子关，足见出山西女子的英雄气，又倔、又硬、又刚健。死不低头，活不认输，振兴中华，足令天下须眉男子羞愧汗颜哪！

离开临汾一年后，接到电报，我的老姐姐张水兰病逝了，不到六十岁。

想起她，就忆起她带给我的那种汾酒一样浓郁振奋的乡情，在心里变得老陈醋一样酸。山西的酒，火辣辣；山西的醋，酸透心。

这，就是山西人。

击壤歌

在"京畿藩屏"的娘子关内，在使"名将之花凋落"的太行山深处，在"以平定煤铸太行铁"的烈焰腾腾的太原城，在产生过赵树理、陈永贵的土地上……一切隆隆的现代化的脚步都遮不住一支苍劲古歌的悠长声调。

那是一个用土块敲击大地的老人在远古的年代里唱出的歌。它回响，成为山风掠过峰峦时发出的声音，也成为浑浊的河流经过成熟的庄稼地时的暗哑的笑声，它仿佛成了这土地的一部分，永远同在。那老人是这样唱的："日出而作，日入而息。凿井而饮，耕田而食。帝力于我何有哉！"

这支歌就写在几乎你遇到的所有人的脸上，就谱进了所有山西人的口音里，还有他们的表情，还有他们的习俗，全都隐约呈现着这支古歌的风范。"有老人击壤而歌"，真是令今人做梦也想不出来的淳朴和绝妙！这正是一幅先民的图画，古老农耕民族的宣言。不少年而老人，不击筑而击壤，万世悠悠之下还可以想见那憨厚的老农活生生的模样。

那老头儿——我弄不清他叫什么名字，姑且叫他"农"吧。

先古时期一切从简，连名字也只需要一个字，不像现在，光邮政编码就厚得顶一部《永乐大典》。农不只是代表了农耕民族成熟的印象——农耕民族崇尚老人，因为耕耘和农时依靠经验，而游牧民族更需要体魄，故崇尚青壮年；农那个老头还是个哲人，他坐地而歌，仰面而唱，以大地为坐盘，以日行为观象，把自己和天、地的三足鼎立关系一举确立下来，表达了由我们的先祖和数千年的生产方式所造就的世界观。这种农业民族的世界观早就在老人的击壤而歌时确立，溶化在血液中，落实在遗传里。

世界观是个今天常用的词，但是什么是"世界观"呢？人说，世界观就是对世界的看法，不错，那么世界观是怎样形成的？人又说，教育、学习和引导。这答案顶多只对了一小半，因为他忘了或者压根儿就不知道，在他的灵魂深处，在他的意识深处，甚至还可以说在他的血脉深处，那个老头"农"盘坐着，活着，顽强地决定着他对世界的看法。

那个老头儿——他在唱《击壤歌》，你千万别忘了他，我也千万别忘了他。他正坐在古老文化的源头，生活简朴，头脑单纯，俯视天地，气魄浑厚。他是那么一种世界观和人生观，像黄河源头的细流一样，单纯而有力，充满贯穿一切的能力和信心，像神祇一样。

这才是一个真正有决定性影响的神呢，虽然没有供在佛龛里。

任何一个现代中国的汉族人，如果他很轻易地就认为自己的世界观已经完全归属于出生在特里尔城的犹太天才马克思的话，那他就太过于轻视"世界观"这三个字的分量了。

若是不信，你就听听农那支歌的最后一句，轻松自信极了，仿佛在威胁和警示一切人。

他说："帝力于我何有哉！"

从大禹渡到茅津渡

　　我和山西的青年诗人潞潞还有我的弟弟晓星，沾了电视摄制组的光，和一群日本游客安排在一起，登上了从大禹渡直至茅津渡的这条游船，游览黄河。

　　游船尽管还算得上"豪华"，却总有点别扭。我们伟大的严父，我们的肤色流动而成的图腾物，千年万载，终于在现代人冷静的心态下被"游览"了。

　　我刚刚翻过山丛第一眼看见他老人家的时候，心里就有一口沉钟被撞响了。那水浑黄、平稳，没有想象的那么暴躁，却比想象的更宽阔、更黄。在两岸耸立的黄土山峦的仪仗之下，被空中直射的阳光坦然照耀，就完全不像一条河，而像一条蜿蜒着的铜铸的道路。我虽不能历数刻在这条黄铜大道上的所有故事，却偏偏记着许许多多抗日战争的事儿，而周围的游客恰恰又都是日本人（而且大多数年迈，据了解几乎都曾在当年参加侵华战争，进过"大东亚共荣圈"，此系旧地重游）。

　　这真是历史的巧合（不知算不算戏弄）！

　　三个老八路军战士的儿子，和一群当年的侵华日军同游黄河，这……到底算是怎么回事？潞潞的父亲两年前谢世，是一位老军人，当然没少打过日本人；我的父亲却曾在离这里不远的临汾被俘，饱受了日军的吊打、审问，万幸逃出未死（父亲过去每讲起这段往事时，少年的我便怒火心头起，仇恨胆边生。）。

现在，这些人就和我在同一条船上。

一群老头。彬彬有礼而又自命不凡的，谦恭客气而又腰缠万贯的，精明干练而又目露愚光的，一群日本老头。你怎么也想不出这伙人，就是四十多年前的那伙人。那时，他们手里提着歪把子机枪，脖子上挂着望远镜；现在，他们手里提着摄像机，脖子上挂着照相机。过去是侵略军，今天是旅游客。

奇怪的是，我竟然对他们每个具体的人，丝毫也没有仇恨心理。恨不起来，但是也不爱，只是觉得滑稽和隐隐的疼痛。日本老头们是有些滑稽，滑稽在他们那副日本人特有的东张西望且又一本正经的样子，实在看不出他们有什么特别的优秀，尽管看得明白他们的发达。而隐隐的疼痛，却来自对这样伟大的一条河流蒙受耻辱的于心不甘。

水流那样雄浑、宽阔。浊黄的纹脉里翻腾着几千公里的细浪沙尘，至茅津渡不远处，水流渐清、渐碧，沙洲上也渐呈秀色。而函谷关，隆起一片高崖厚土，远远望过去，似乎总觉得有人正立在那山上俯瞰着这河面上的一切，连每个人微妙的心思也一览无余。

那是谁？

是一朵云投下的影子？还是强光下眼睛的幻象？抑或干脆就是无形无体的一团凝立在那儿的灵魂？

那又是谁的灵魂？

他就站在那函谷关的崖顶上，望着。望着黄河、黄河上的游船、游船上的每一个人。我直想哭一场，但是我无泪。

后来我分析自己少年时的心理和现在的心境，便断定那时是一种狭隘的民族复仇心理，而且完全是"少年不识愁滋味"，那么现在呢？我自己也弄不清。不恨，却有隐痛，却装得没那么回事儿；没那么回事儿吧，眼前却有一群日本老头，总提醒着你。

我并不认为人类应该老是记仇，无休止地互相报复、残杀，但我更不认为轻易地忘却往事是一种健康的心理。仅仅半个世纪，烟消云散了，枪炮声和哭喊声走远了，人们便像什么也没发生过似的了。人是多么健忘，但是黄河记得。

黄河总是记得那些最悲惨的往事，它也许记不住多少辉煌的业绩，却记得眼泪和血、浑浊的嚷叫和呐喊，它把这一切都咽进去，融化在水流中。它把自己变成了一个容纳一切苦难的化身，这就是黄河为什么是黄的、浑浊的，而且它总是在最危难的时候集合起优秀的儿女，喊出"用我们的血肉筑成我们新的长城……"

黄河。

你就是我永远无法摆脱的苦难、尊严、疼痛和骄傲！

城墙的故事

见到了许许多多的城墙，却没有见到修城墙的人。修城墙的人到哪儿去了？翻遍历史书，也找不见他们的名字。历史是他们创造的，然而历史却不记载创造了历史的人。

城墙，如此众多的绵延不绝、首尾相衔、环环相扣的城墙，装饰着、分割着、坐镇着我们的版图。大的城墙从山野间包抄过来，环绕着略小的城墙；略小的城墙从大的包抄中分割出一部分，去环绕住更小的城墙；更小的城墙承接起那种力量，又在包围住那些微型的、袖珍的；而最小的家院高墙又反过来象征、概括了最大的城墙，形成了一套完整的城墙系列。

这就是"分封建制"的国家的含义，每一种规模的城墙，都代表着与之相应的封建特权。而气势宏大的万里长城，正是皇帝家的围墙。它们像蛇一样盘踞在中华版图上，大大小小的蛇，令人毛骨悚然。修建了这些城墙的人，恰恰是那些被盘绕的，这有多么残酷！

想象一下，拿着鞭子的人驱赶着那些没有鞭子的人，在荒凉的地方没日没夜地劳作，饥寒交迫，父死子继，修建这庞大的与自己毫无关系的土墙或砖墙。他们修建它，是要荒芜了自己的田园土地的，是要丧失了修建自己的茅屋宅院的权利的，他们该是多么不情愿呵！据拿鞭子的吏讲，修建城墙是为了防御匈奴的，但是匈奴的马蹄照样断不了袭掠他们的家园，这又是怎样地让他们想不通呵！

长城就是这样筑起来的，如果你的祖先不是皇帝的话，你可以确认，长城是祖先们痛苦的纪念碑。长城有多长，我的祖先的痛苦就有多么漫长；长城有多重，我的祖先的苦难就有多么深重！

面对长城，我是不能、也不敢感到自豪的，我只能为祖先所受的苦难而揪心痛楚，我只能感到遗传的血脉深处他们沉重的一锹一镐挖在我心底的声音，我的祖先不是帝王，而是修筑长城之后尸骸无存的受苦人。在所有的城墙上，有他的血，他的汗，他的骨殖，长城啊，我的祖先是怎样地不情愿修你啊！

我恨那些帝王，是他们因为内心高度恐惧和空虚，迫使我们的先人修筑这毫无意义的墙，使他们死无葬身之地。而那些帝王，活着的时候圈地修墙，死了还要修筑巨大的陵墓，何等的霸道！何等的丧失人性！

帝王们的高度恐惧造成了劳动者的极端痛苦，历朝历代，莫不如此。面对着城墙津津乐道、如数家珍的那些人，如丝毫感觉不到这巨大的痛苦，可能是帝王后裔了。

所以，历来对长城，中华民族都有两种态度，一种是夸耀的赞歌，一种是凄凉的哀唱。夸耀的赞歌献上宫阙的，凄凉的哀唱来自民间。

宋朝范仲淹有一首词，是唱戍边的。词云：

塞下秋来风景异，

衡阳雁去无留意。
四面边声连角起。
千嶂里，
长烟落日孤城闭。

浊酒一杯家万里，
燕然未勒归无计。
羌管悠悠霜满地。
人不寐，
将军白发征夫泪。

　　这样一支哀伤痛绝的悲歌，注者竟然说是"词中表达出了作者决心守边御敌的英雄气概"，还说"西贼闻之惊破胆"，真是指鹿为马，夸鸡是凤，吾不知世上是否还有道理二字可讲了。面对西夏，这位守长城的范长官的失败主义情绪是明摆的，无一句不是言败事、遣悲怀。连角起，孤城闭；家万里，归无计；霜满地，征夫泪……全是老实话，翻译成今天的话，全篇只是一句"不想干了"，哪里有什么"英雄气概"哟。假大空由来已久，阿Q精神不灭，这算一个故事。

　　还有一个孟姜女哭倒长城八百里的故事，代代流传，妇孺皆知。这是个民间的，整个传说都站在民间的角度，表达着民间的愿望。这是一个荒诞的民间故事，完全不真实。长城怎么可能被"哭倒"呢？哭倒也罢，怎么可能倒塌八百里呢？如此荒诞不经，但是人们却愿意相信，因为她表达了人民内心的真实。"哭倒长城"，这里流露的是何等深刻的仇恨啊！世上从来就有两种"真实"，不知道你需要的是哪一种？这又算一个故事。

故，过去之谓也。故事，过去的事之谓也。

过去的事有多少？我们哪里能记得清？"西宫南内，白发宫娥，一灯如穗，三五对坐，谈开元、天宝间遗事"，此故事也；"青门种瓜人，左对孺子，顾弄孺子，忆侯门似海、珠履杂遝之盛事"，亦故事也。老大帝国，城楼齿缺；斜阳草树，寻常巷陌。

过去的事已经过去，有千种史籍、万类经典、浩如烟海的卷帙文字作为我们这个种族的文化的骄傲、精神的重负。这才是真正的"故事"呢，我们被故事压得抬不起头来、挺不起胸来、迈不起步来，每一迈步，必会踩上先贤早就在那里埋好的思想的地雷！这些伟大的思想的地雷，埋设得是那样细致、巧妙，分布得是那样准确、合理，它总是能让那些后起的探险者无一幸免，它在精神领域里把你炸得个血肉横飞，人仰马翻，最终，乖乖地扶着城墙走回去，归顺到那座题着"内圣外王"的匾额的城墙里去。

望长城内外，惟余莽莽。

假如一个青年诗人自杀在长城脚下，我不知道这意味着什么？假如一群农民迁移到长城以外，我不知道这证明着什么？但是我每每望着北京的禁城，望着长城的废垒，望着所有残留着鼓楼、钟楼、旧城墙的城市，我都体验到一种古老的恐惧和因这种恐惧而来的禁锢——它不仅封闭了田野的生机、河流的活泼，也封锁了通往草原、群山、海洋和天空的翅膀。在充满了恐惧感的城墙之内，怎么可能产生强有力的奔放的史诗呢？怎么可能产生观察自然、亲近世界的伟大科举呢？又怎么可能产生音域雄伟辽阔、格调崇高优美的交响音乐呢？更重要的是，它没法产生思想，它没法产生伏尔泰、卢梭、黑格尔、马克思……以及众多的人类进步思想的伟大父亲！

城墙是思想的墓地。这可以算作是某种真理，在城墙的硬壳后面，思想不再是一个活泼有力的崭新生命，而是一具生满老茧的死肉。多么可惜啊，我们这个曾经充满了思想活力的民族，很久很久没有为世界做出积极的贡献了。那么城墙里产生什么呢？产生这一类东西——享年八十四岁的乾隆皇帝，积一生之经验，总结出这样一套养生秘诀：

吐纳肺腑　活动筋骨　适时进补　十常四勿

十常：

齿常叩　津常咽　耳常弹　鼻常揉　眼常运
面常搓　足常摩　腹常旋　肢常伸　肛常提

四勿：

食勿言　卧勿语　酒勿醉　色勿迷

这就是那位处于康乾盛世顶点的、自称"十全老人"的乾隆皇帝所总结出的"思想"，这样的"思想"对整个民族的进步有什么意义呢？这种思想的高度，并没有超过任何一只乌龟的水平。

这就是城墙里的思想，它充满了恐惧。诚如伏尔泰在这段话里所说："中国在我们基督纪元之前两百年，就建筑了长城，但是它并没有挡住鞑靼人的入侵。中国的长城是恐惧的纪念碑，埃及的金字塔是空虚和迷信的纪念碑。它们证明的是这个民族的极大耐力，而不是卓越才智。"

那妇人

那妇人就出生在山西省的文水县东头。想必开始时也是一个弱小的女婴，一个刚刚来到浩茫天地间的小母兽，在炕上爬过，几个月时被人抱出去第一次遇到雪花落在脸蛋上的刹那也惊惧过，也扶着墙学习走路，也露出两颗乳牙笑过……唉，那妇人，是一种什么样的神秘力量竟使她长成为中国历史上唯一的女皇帝了呢？

这是长城之内的编年史上所发生的一件重大的事情，但是历史却对此三缄其口。在对待这个妇人的态度上，显示了男性的全部衰弱、狭促、卑劣的心理。

中国的女性是那样伟大，那样有创造性！

这些也都体现在那妇人的身上，农业社会寄望于大地生育力所产生的母性力量是天然合理、不可压制的，中华民族的最深厚、最不可征服的力量恰恰蕴藏在妇人们身上。明白的中国人，有勇气承认这一现实的中国男人，虽然不是很多，但还是有几位。

当三个女子从容地转辗于文明人所发明的枪弹的攒

射中的时候，这是怎样的一个惊心动魄的伟大呵！中国军人的屠戮妇婴的伟绩，八国联军的惩创学生的武功，不幸全被这几缕血痕抹杀了。

我目睹中国女子的办事，是始于去年的，虽然是少数，但看那干练坚决、百折不回的气概，曾经屡次为之感叹。至于这一回在弹雨中互相救助，虽殒身不恤的事实，则更足为中国女子的勇毅，虽遭阴谋秘计，压抑至数千年，而终于没有消亡的明证了。

——鲁迅《纪念刘和珍君》

今风尘碌碌，一事无成，忽念及当日所有之女子，一一细考较去，觉其行止见识皆出我之上，我堂堂须眉，诚不若彼裙钗，我实愧则有余，悔又无益！

闺阁中历历有人，万不可能因为我之不肖，自护己短，一并使其泯灭也。

女儿是水做的骨肉，男人是泥做的骨肉。山川日月之精秀只钟于女儿，须眉男子不过是些渣滓浊沫。

——曹雪芹《红楼梦》

中国男性精神的崩溃堕落并非自鸦片战争始，这是一个由来已久的现象了。黄河的衰落和长江的兴盛早就在暗示着，证明着，北方文明的落伍与南方文明的进步更在进一步证实着，这是人类社会形态的一个重大转折，阴阳倒转，乾坤颠倒，将是社会进步的必由之路，不可以逆阻。须眉中之浊物不明天地阴阳之理，以为以男性为尊、为主是天地宇宙间不变的至理，以为飞禽走兽莫不以雄者为主宰，正是其愚顽少灵之见。殊不知人之所以为人，与禽兽不同，人的社会形态每一进步、发展，均更趋于母性。游牧较农耕更为雄伟，然农耕文明；农耕较商品经济更为坚实，然商品经济文明；文明，克服人类野蛮暴力之冲动而更趋于优美和谐之谓也。这种进步何能不以女性所特有的种种美好天性为表率和蓝本呢？

著名高能物理学家卡普拉的新著《转折点》的中文译者在介绍这部重要著作时说："卡普拉用这个文化分析框架对'西方病'所作的诊断是：阳盛阴衰。试看他所给出的下面这张'阴阳表'：

阴	阳
女性	男性
收缩	扩张
保守	要求
响应	进攻
合作	竞争
直觉	理性
综合	分析

"西方文化长期以来一直是偏重于阳：理性知识重于直觉智慧，竞争重于合作，对自然资源的利用重于保护，分析重于综合，等等。卡普拉根据文化动力学的律动观，认为这种阳盛阴衰目前已经达到了阳极而阴的转折点。"

因此我说那妇人成长为中国历史上唯一的女皇帝是长城以内编年史上的最重大的一件事。那妇人就是武则天。唐太宗给她赐名为"武媚"，她自己不满足于"媚"，而希望日月当空、阴阳并举，她把名字改成"武曌"，这个怪字是她自己创造的。

为什么不能"曌"呢？公元六九〇年的中国女皇武则天所造的惊世怪字，与公元一九八二年美国著名高能物理学家卡普拉的观念不谋而合，东西方历史文化的弥合与互补证明了人类精神的一致性，形态和方式的不同性是次要的。

那妇人只是出身于一个非士族的官僚地主家庭，亦曾削发为尼寄身长安感业寺，最后她夺了李家的天下，自立皇帝，连国号也改了。她不用一兵一卒照样夺取了政权，实在了不起！事实也证明，她的政治远见，她的境界胸襟，她的一系列措施，都远远超过了当时的各类须眉！

妇人当朝，牝鸡司晨。这位唯一的女皇纵然有"袖里珍奇光五色，看试手，补天裂"的奇才，却阻止不了生前身后的千年诟骂。承认一个女皇，不要说对一千多年前的唐代中国人，即便对于今天的中国人，也是极其困难、不可思议的一件事！

所谓"唐初四杰"的诗人骆宾王，被自己愚蠢的观念所蛊惑，为徐敬业起兵作《讨武曌檄》，有"蛾眉能惑主"等句，义愤磅礴，一时传诵。那伟大的妇人看了讨伐自己的文章，竟感叹说："这样的人才怎么会沦为叛道呢？这是宰相的过错啊。"那妇人的胸怀，真可以称得起是"日月当空"了。

后世还流传了大量武后淫荡的故事，几乎把武则天描写成一个性欲狂，扑朔迷离，真伪莫辨，使这位卓有政绩的女政治家成了后来各族人民意淫的对象。这种方式的中伤，无疑表现了中伤者的下流。

那妇人对此是怎么回答的呢，

她在乾陵立了一座"无字碑"！

无字碑呵，她一句话也没说。一个字也不辩。碑石洁白，天日可鉴。仅仅这座无字碑，表达了她对造谣中伤者的何等的轻蔑——最高的轻蔑是无言，连眼珠也不能转过去；同时也表达了她对后世中国人的何等的信赖——她相信后世中国人能认识她，能理解她，会从无字的碑石上看见字字血泪、朗朗心迹！

那妇人，那中国历史上唯一的女皇，那长城内侧的村落养育出来的美丽唐代女性，评价她，只需要用两个汉字：

——伟大。

鲁臭小

　　首先，鲁臭小的头就能给人留下难以忘怀的印象。他那颗脑袋基本上不能叫脑袋，而应该算是一颗放在两个肩膀中间的怪状倭瓜。那是一颗老也长不圆的倭瓜，该凹的地方不凹，不该凸的地方倒凸出去一块，总的来说，仿佛是故意与自然法则对着干，偏不往圆里长。

　　他的五官也遵循着这样一种反常的倾向，粗一看，似乎少了一两样，仔细一端详，还是样样俱全，鼻子眼睛什么都在。只是那些器官的位置摆得有些偏差，给人以随意挪动或经常调换位置的感觉，就像一个刚刚为了闹离婚夫妻推推搡搡了一阵的家庭，家具都有点轻微挪位。

　　鲁臭小是丑，但谁也不能说鲁臭小丑陋、丑恶。丑仅仅是容貌上的不大合乎规范，丑陋、丑恶，却是灵魂心底的肮脏泛溢上来以后对脸孔的歪曲。鲁臭小丑得不难看，不但不难看，甚至还有那么一股子丑得有趣、丑得幽默可爱的味道，让你的眼睛并不想躲避他的脸。

　　黄河从河曲的娘娘滩一带行过的时候，沿途都有修筑过长城的山峦护送着，城墙有时残断，有时消失，有时从山顶上挺起来。仿佛是一行踪迹诡秘的卫队和镖客，远远跟踪保护着黄河；周围一望出去，全是标准的北方乡村景色，一片混杂着凄凉的顽强。

我们就在这一带找到了鲁臭小。他从地里过来，大大咧咧地傻笑着，略微有点憨厚地羞涩着。

"你就是鲁臭小？"

"俄就叫个搂秋修嘛。"

"大家都说你的民歌唱得好，是吧？"

"就是酸曲儿是吧？俄会。"

鲁臭小比我们想象的要痛快多了。他大概有四十多岁模样，答话时常有小学生在课堂上回答不出问题时的动作，一会儿摸摸后脑勺，一会儿不安地搓搓手，但他同时还有一种大大咧咧满不在乎的神情，有一种阿 Q 式的赖劲儿。

越看他那张脸越有意思，嘴大，鼻子像一头大蒜，眼睛虽小，眼珠儿却比任何一个大眼睛的转得灵活生动、顾盼频繁。深刻而复杂的皱纹笼罩在脸上，与表情里洋溢的孩子气十分巧妙地和谐起来，形成这样一个生动的衰老，这样一个淳朴的无赖，这样一个真诚的懒汉。

他要不是乡村里的游手好闲分子才怪了，你看他那副邋遢样子，准不是个好庄稼手。周围的围观村民，从老汉婆娘，到高矮不等的小孩，都对他直呼其名，带着善意戏弄的态度。看来，谁也没把鲁臭小放在眼里。他像一个无业游民，但不像地痞二流子；他像一个偷鸡摸狗的时迁，但不像泼皮牛二；总之，他是一个不在戏台上而在现实生活当中的没有涂抹白鼻梁的丑角。

鲁臭小，唱上一个吧。

他抹抹鼻子，四下里很谦虚地笑望了一圈，仿佛在全面地征求一下意见。大家都怂恿他，鲁臭小就唱了。

> 深井投石试深浅，
> 唱个酸曲把妹缠；

周围的年轻人高兴了，嗷嗷地对他起哄。

> 别人把你撵开了，
> 你球眉鼠眼又来了；

周围的老汉们呵呵地笑，露出几颗老牙。

> 看见公鸡趴母鸡，
> 心里好像猫儿抓；

婆娘们捂住嘴，乐得弯了腰。只有小孩子，东张西望跟着瞎高兴，又喊又叫，什么也不明白。

鲁臭小唱的这些"酸曲"，严格说来，是不能用文字表达的。不能表达的原因在于，一是这些字眼在他嘴里别有一种土味，一番念法，一类不规范的含混的韵调；二是在文字中失去了抑扬的、充满乡土气息的曲调之后，那些字就成了一个个放在锅台上的冷馒头，没有刚出笼的热腾腾的香味儿了。

他在演唱中不时地变换着腔调，一会儿用正嗓子，一会儿用假嗓子，甚至在一句唱词里就变换两三次。造成一种爬坡下山的起伏顿挫，一种喘不过气儿来的激动，尤其是他的假嗓子，女人似的尖细，滑稽透顶。

民间的东西多么自然，我想。鲁臭小可能是一个游手好闲的懒汉，但他同时又是一个乡村歌星。他似乎总觉得自己欠了别人什么东西，他一无所有，只有拣一个机会唱酸曲供乡亲取乐来报答。但他无意中唱出了蕴藏在乡村中的自然活泼的精神，唱出了质朴的生命力。

城市里的那些所谓歌星哪有他这种风味呢？她们的美是假的，他们的潇洒或疯狂是伪装出来的，他们或她们的不真实已经到了令人作呕的地步，在时髦这短命浪潮的掩护下，她们涂脂抹粉地强化每一个夜晚，他们佯装倜傥，用荒谬的手势遮盖手的无措和尴尬……

正是这样，在鲁臭小这样的"丑"面前，衬出了那些正在猖狂流行着的"美"的庸俗。同时，也正是由于那些庸俗美的泛滥、猖獗，才使我们认识并珍惜了他的"丑"的价值。

"丑"多么美啊！

我心里这么想，但是没有说。因为我知道，我要这么说鲁臭小还以为我是糟骂他呢。所有自然自在的美物，是决不会自己意识到自身的意义的，它们不懂得自我欣赏。而且，人们正在渐渐懂得，美和丑是不可分割的，是相互依存难解难分的，单调的程序化的美正在被人们摒弃。美是一种品格，是一个发现的过程，绝不是模仿和重复。

鲁臭小还在唱，他的皱纹堆积在眉头上，他紧闭了眼睛在使劲唱，仿佛一睁眼气儿就会漏了似的。这位四十多岁还没有成家的汉子，这个宁肯用自己的丑为周围的乡亲取乐的人，难道他没有哀痛么？难道他没有心酸的事儿么？

西北风顶住上水船，

破衣烂衫跑河滩。

河曲启程上河套，
步步走的鬼门道。

酸曲……我品味着从鲁臭小嘴里听来的这个新词，显然，这不是酸腐的酸，而是心酸的酸。心酸的人唱出来的情歌，怎么可能和那些心里甜得发腻或腻得发虚的人唱得一样呢？

"不一样，就是不一样喔——"（电视广告病毒已经占领了我思维的制高点了，无孔不入的广告正以千篇一律的商业精神重新锻造我们，我们无法抵抗。）

"不看不知道，世界真奇妙"。世界能奇妙到哪儿去呢？当它抛弃了自然的、真实的、贫困而又幽默的"酸曲"之后，从现代都市里成批贩来的那些"金曲"，能够填补得了人们日益敏感、复杂的内心缺憾吗？

云冈的佛在微笑什么

圆满匀称的面貌和嵌入大黑石的眼珠，昙曜五窟的五尊高达十七米的巨佛，由于窟顶和前壁崩塌而重见光明的露天大佛……它们在微笑。

有人说这是东方的蒙娜丽莎神秘的微笑。西方的蒙娜丽莎是一位带着男性微笑的女人，所以神秘；东方的蒙娜丽莎却是略含女性微笑的男人，佛其实是融汇了阴阳的超人。从它身上，不仅可以使人感受到拓跋皇帝的蒙古人风采，也可以看到君临北中国的异族统治者的气魄。它们既是释迦的造像，又是拓跋皇帝的尊容，连大佛身上镶嵌着黑石头的部位，都正好是皇帝身上长痣的地方！

你不妨把这些佛像看做是北魏皇帝的神秘而又自信的微笑。

这就是中国第一个征服王朝拓跋魏太祖以下五位皇帝的大型石雕像。作为鲜卑骑马民族，他们跨越长城后，第一次面临这样的课题：怎样作为一个横跨长城南北的大国天子，把领内的鲜卑、乌桓、匈奴、氐羌、丁零等部族各部，还有没有部族制的汉族人融合在一国之内并对他们实行一元化统治？

　　有趣的是，这支起源于大兴安岭的游牧部族的诸位皇帝，竟毫无选择地迷醉于长城以内的汉民族文化，他们从各个方面承袭汉制，包括官吏体制、户籍乡里组织、土地制，甚至废除鲜卑语，禁止胡服、胡礼、胡姓……这些孩子！这些忽然间想当大人而模仿大人的孩子！

　　当他们睁大了眼睛羡慕成熟的时候，也毫不犹豫地把"活泼""生命活力"和幼稚一起抛弃了。

　　使这场重大改革推行最力的是孝文帝，为此他甚至不遗余力地把首都从北人聚集的大同迁至汉人更为集中的洛阳。

　　骑马民族以开阔的胸襟全力学习汉民族优秀高雅文化，也包括士大夫陈腐陋习的同时，恰恰丢失了虽有过激粗暴之嫌，却充满生气和人性、洋溢着北亚游牧民族粗野刚毅气质的活泼精神。

　　这样，第一次进入长城的异族征服者，一方面成功地统治了被征服的人民，一方面却失策于对本族的措施，而终于导致瓦解。

　　鲜卑人作为一个民族，因为它的一度强大而消失，融进了北方汉民族的血液之中，成为北中国一部分人民眉宇之间依稀可辨的异族风采和精神。这是一支消失于北方的种族的河流，它曾在公元三百年至五百年期间水量充沛、汹涌澎湃。

　　由鲜卑人在历史上进行的这次统治中国的尝试，几乎是象征性地为以后数次游牧者的征服作了预言，即：越是强有力的持久的统治，就越容易被融汇得彻底。

　　梁任公有言："计自汉末以迄今日，凡一千七百余年间，我中国全土为他族所占领者，三百五十八年。其黄河以北，乃至七百五十九年。"他还列了一个异族年代表，从汉国皇帝匈奴人刘渊，一直到金国的女真人完颜阿骨打，历数十八国共八族，并不包括蒙古人的元帝国和满人的清王朝。在梁启超先生所列的表中，鲜卑人八次建国立都，建立了：燕、代、后燕、西燕、西秦、南燕、南凉、后魏诸国。然而，梁先生所列的表却无意中告诉我们这样一个事实：这些建国改朝的每个族落——匈奴、巴氏、羯、鲜卑、氐、羌、契丹、女真，而今已经没有一个存在了。至少是今天已经不能作为一个有影响力的民族存在了，所生仅存，只是融汇后的零余。

相反，那些没有力量在中原建立国家政权的民族，反而在今天得到了保存和发展。

长城对于它的征服者来说，是危险的，是一种迷人的同时又是致命的诱惑。在这个界限面前，一切征服的尝试都必须冒着灭顶的危险，而且——越是强有力的持久的统治，就越容易被融汇得彻底。

这也许就是鲜卑人消失后留下来的一条最重要的历史经验。

也可以说是历史教训。

那么，云冈的佛在微笑什么呢？

这是一种神秘的微笑。

这是东方式的并掺杂了游牧者情调的微笑。

我们不妨把它看作是北魏拓跋皇帝留给后世的自信而达观的笑容，更不妨把它看作消融于北中国的曾经活跃在历史舞台上的鲜卑民族的微笑。

它们笑得那样优雅，那样居高临下，那样美，它们的微笑里甚至包含了一种对于后果和结果的茫然不知的单纯和乐观，这正是美的永恒魅力之所在——以一个种族的消失为代价换来的微笑，当是不朽的。

第二引力

当地球引力保证全人类都能站立在地球表面而不被风刮走的时候，是什么保证了中华民族数千年来无数次分裂而又重新聚合呢？

是长城引力。

长城，一张绷架在中国大地上的万里巨弓。

它有时弹出去，有时弯进来，内外两面竟然都具有奇异的张力和引力。

中华民族分分合合，历史最悠久，人种最复杂，民族最众多，但却数千年聚而不散，几百代争而不灭，是因了这张万里巨弓吗？

如果说，地球引力是人类第一引力，那么在中国，可以把长城引力称作第二引力。

多民族的融合，是长城的副产品；这种融合像战争一样贯穿了长城的整个历史，于是在兵戈相击声中还始终伴响着另一种声音：民族的消失和融汇。

长城能走到的地方，商人们也必定能走到。

本来只是军事意义上的长城始终与商旅相伴而行。军旅所能达到的地方，必有冒死赴难的商旅紧紧跟上，战争的需要可使商人获得大利。

山西人往往不但善于理财，而且还善于当后勤部长。

长城，可以说还是中国北方商业精神的起跑线，古代丝绸之路的坐标。

战争和商旅自古成为人类交往传播文化的两大手段。战争是强制的、掠夺的；商业是文明的、互惠的。两种方式都促进或推动过社会向前发展，有时互为因果。

马是古代战争的象征物，有激情，快速迅猛；

驼是古代商旅的象征物，有韧性，宽容博大；

长城恰好是战争的临界线和商业的反差线，它的修筑是农耕民族的防御性措施，但它实际上起到的作用恰好相反——对战争和商业行为的诱发。

有了墙，才有破墙而入的欲望，才有与墙内交流的要求。

二十二岁的吾甫尔是阿吉，因为他已经到过麦加，摸过黑石头，他还去过埃及、土耳其、巴基斯坦。

吾甫尔还是血统商人。

他和巴基斯坦商人做生意，得益于能操一口流利的乌尔都语。他于一九八五年到麦加朝圣，在巴基斯坦住了七个月，学会了乌尔都语。

他只读过三年小学。

他已精通维、汉、乌三种语言，现在正学英语，每天学两小时。"语言太重要了，"他说，"人家来买你的东西，语言不通，买卖就难做成。汉语最难学，我是在北京学的，朋友带我到公园去，'树''椅子''花'，这样学的。"

吾甫尔讲到在巴基斯坦学乌尔都语时，说"半年时间一辈子一样长，太想回国。我病了，一天也不想呆，看见 CHINA 就想哭。有一天实在忍不住，就到中国大使馆，一看见五个星星的旗子就哭了。大使馆的一个叔叔领我进去，我又看见中国的衣服、中国的饭了……"

嘉峪关，是边关又是"海关"。

张家口，是关口又是"口岸"。

一位维吾尔族商人的座右铭是这样一首诗，它很像是"柔巴依"：

我们平等地面对苍天，
但我们不平等地面对时代，
不要因幸运而目空一切，
面对墓地我们又都是平等的众生。

三趾马和马

白马非马。

三趾马却是马，不但是，而且还是马的祖宗、老祖先。

这的确是一个让人不太容易想通的问题，它干吗非得把三趾变成一个圆蹄子呢，难道是为了考虑到以后让人钉掌时方便吗？它要是真不把三四一十二个趾简化精炼为四个蹄子，人还真没法子给它钉掌。据说仅仅因为游牧人发明了马镫，"当进入一千纪的时候，这些原始游牧民族突然变成了好斗的骑马民族。"

但是原来他们并不是这么好斗的，"欧亚内大陆的原始游牧民族在从前四千纪后期开始的近千年的漫长岁月里，在东起兴安岭，西至东欧草原的空旷而单调的环境中一直和自己的畜群一块，过着朴素、孤独、单一的和平生活。长时期被维持在如此辽阔的地域中的那种经济和文化的单一、同质状态，几乎根本没有什么年代差别和地域差别……这不能不使人惊叹，在他们住过的地方，只留下原来的炉灶。"（江上波夫《骑马的民族国家》）

他们突然变得"好斗"了，"他们抛弃了和平的牧民生活，开始以住地为根据地，专门向周围的民族实行冲击和掠夺，这一切是在怎样的时机发生的呢？"

大概是马镫和马蹄铁提供了这种自信力。

有了马镫，骑在马背上的人才有了下半部分的力量，才在颠簸的马背上抛了锚、有了根，才有了攻击别人的余力；而有了马蹄铁，才使骑马的人在奔驰中听见了进军的鼓点，才感到了自己震动大地的强劲力量。

而这，全靠着几乎是上帝的赐予，让三趾马奇迹似的收拢了它的三趾而攥紧硬化成一个铁蹄！三趾马决不会料到，它这一变；在人类世界历史上，造就出一代代的"骑马民族"，而且因为它，因为骑马人的冲击、掠夺，造就成了这道拦洪堤坝一般的万里长城！

整个人类的一部漫长的古典时期，战争的冷兵器时代，就是一部马的耀武扬威史！是马驮着人类走过来的，也是马推进了人类发展的进程，"柳营春试马，虎帐夜谈兵"，"哀鸣思战斗，迥立向苍苍！"这是咱们农耕诗人心目中的马，威而不猛，有一种旁观者的用来装饰的情调。游牧人就是另一番味道了，在游牧人至高的经典《古兰经》里有这样一节关于马队的诗篇，真是写尽了马的残酷和游牧人的灵魂——

> 以喘息而奔驰的马队盟誓，
> 以蹄发火花的马队盟誓，
> 以早晨出击，
> 卷起尘埃，
> 攻入敌围的马队盟誓，
> 人对于主，确是辜负的。
> 他自己对那辜负确是见证的，

他对于财产确是酷好的。

难道他不知道吗？当坟中的朽骨被揭发，

胸中的秘密被显示的时候，

在那日，他们的主，确是彻知他们的。

　　两种人，农耕人和游牧人，在他们处于幼年时期的时候，就像两个孩子，他们顺手抓住了一件大自然送给自己的礼物，毫不犹豫，也决不深想。一个孩子抓住了牛，另一个拽住了马。这两个孩子绝没有想到，两件不同的礼物后来那样大地改变了他们，影响了他们，在几千年的漫长时期里左右了他们！几乎可以这样概括，以长城为界限！无论是生产方式还是心理素质，无论是政治、经济、军事，还是宗教、文化、艺术，两边都无不染上鲜明的不同"礼物"的色彩。

　　长城里边那个孩子，驯化了牛，也被牛驯化了。他坚韧、有耐性，吃得起苦，受得起劳累，索求不多而贡献一切；他强壮有力，不言不语却内蕴丰富，他从不张扬自我，不主动侵犯别人，他的双角纯粹是一种防御，甚至连防御的功能都退化了；他是一种稳劲，崇尚扎实，但也失于缓慢、笨重；他虽然力大无比，身躯粗壮，但总是把自己看得很低，很渺小，很容易服从。据说牛眼睛里看到的东西都是放大的，他看什么都比自己大……

　　长城外边的那个孩子抓住了马，他驾驭了马的时候也难免不受马的驾驭。他迅疾，灵敏度高，无牵无挂，喜欢合群；孤独的时候，他是多情的，美丽忧伤，但是一旦成队成群，他的多情就变成了激情、亢奋、猛烈、急躁，一种渴望奔跑的欲望被群体的力量所鼓动、裹挟之后，便产生横扫一切的凶猛攻击精神；他是情绪的产物，群体的召唤很快可以使他达到高潮，飞扬跋扈，不计后果。

但情绪是短暂的，缺乏持久力，这是一种迅猛而轻浮的爆发力。

从个体来说，马更自由散漫，接近艺术，牛更稳健扎实，近于政治；但是从整体来看，马却更具有集团性，更容易在整体的带动下共趋一个目标，而牛反而显得固执、倔强、行动迟缓，各自的独立性太强。

这么说，长城不就成了分隔开两种牲畜的拦墙了吗？

当然不是这意思。只是用这两种与人的生产方式、生存状态最直接的动物，说明或概括长城两边不同的生存和心理。不要小看了这两种"礼物"在漫长的与人互相依存中对人的塑造和潜移默化的熏染，它们在被人驯化、改造的过程中同样深刻地影响了人。它们巧妙地充当了大自然派给人类的早期启蒙老师，在幼年时期，它们有力地影响了这两个孩子，直至很久很久以后，直至今天，这种影响的影子依然没有完全褪尽……

今天的马已经从战场上退役，牛也从田亩中退居二线，长城已不再具有实际的价值，在它颓倾湮埋的时候，它成了整个精神文化历史的载体。我们已经有足够的跨度和余力来研究琢磨以此为界所发生的一切了，从各个方面，包括兵要、山川、种族、民俗、商旅、宗教、城郭等，当然还有审美。我们的民族正是在这样截然不同的两种力量的长期矛盾、冲突、交融、汇合当中生存发展过来的，如果说她有什么与别的国家民族相比起来非常特殊的地方，如果说她为什么能成为一个版图和人种一直延续数千年的罕有国度，答案就在这里。

答案就藏在长城里。

答案就在以牛和马为象征的两种力量的、以长城为界线的冲突和互补之中。

为此，当我在长城脚下、太行山深处，在我的老家榆社县的博物馆里，第一次看见了马的祖先——三趾马头骨化石时，我惊异极了，我完全没有料到，它竟然是那样的精致、优美。

它是完整的，如玉的。

它的整个头颅在被时间彻底石化之后，完全丢弃了枯骨原来具有的丑陋和恐怖感，而是成了一件远古留给今世的稀有艺术品。它的晶莹、光润，显示了令人不忍抚摸的高贵和美。

我无法想象，三趾马的头型竟是如此精美绝伦，它仿佛是鹿头与马头的巧妙融合，仿佛是今天的所有骏马无法企及的。

它静静地坐落在玻璃柜里，反射着来自各个角度的光芒，像一尊奇迹。它使你不敢相信它是从土里发掘出来的，而应是从星空里降落下来的。

它依然是那样自信。

它似乎永远不能相信生命会消失，世界会消失……它不能相信生命战胜不了时间！

埂的独语

我不荒凉
让谁荒凉

我之荒凉不仅是伟人晚年的荒凉
在黄土高原岁月荒凉的额顶
我是一道
单纯而且深刻的皱褶

我之荒凉也不仅是奴隶一生的荒凉
在所谓西部而今荒凉的腰际
我是一条
复杂而且自然的印痕

我是那么短暂
唐诗里的名句还活着
我就老了

但是我不哭
我一口气活了三千年
铜钟纸币
秦砖汉瓦
七色英雄
各路人马
我都见识过啦
繁华离我远去
荒凉与我同在

我站立着
我已残缺
我残缺着
我仍站立

我是中国的
一根
不合尺寸的腰带

长城可以什么都是，但它不是诗。

它猛一看过去简直太是诗了，它盘绕在崇山峻岭上的雄踞和蜿蜒就是诗行，它的起伏和扭转深含韵脚和律动，它的警觉及颓败均怀隐喻和对称，还有它的含义悠远无穷，还有它的形象鲜明而沉默不露……全是诗的品格。

它不是小说，不是散文，更不是所谓的散文诗。是戏剧吗？它不是舞台，而是墙。

但是万里长城却永远不是用诗可以表达的，过去没有过，今后仍然不会有。历史上有哪位诗人面对长城写出了与之相称的诗呢？没有。我们的历代诗人中，诗仙，诗圣，诗鬼，诗怪，诗神，诗的奇才、大师、巨匠层出不穷，然而没有一个动过念头敢于直面长城写出浩荡万里的伟大史诗。他们甚至已经明智到了尽可能回避写长城的地步，仅这一点，就不能不令人叹服历代诗人的高度自知。

他们敢写月亮，"江边何人初见月，江月何年初照人"，神悟得让人难以置信。

他们敢写大江，"无边落木萧萧下，不尽长江滚滚来"，几乎一笔划出满篇秋色。

他们写黄河的名句就更是照眼，"白日依山尽，黄河入海流""大漠孤烟直，长河落日圆"，这些用最简单的字创造出的完美意境，是任何一位不懂汉语的外国人所无法想象的。

但是几乎所有的天才，都没有用他们的笔墨去涂抹长城。也许他们早就明白，面对一部本身就已经是伟大史诗的巨构时，任何诗的笔墨，都是多余的。

长城是无数人在许多朝代用一块一块的砖垒砌成的。旧的砖坍塌了，又补上新的！

也许他们知道，自己所能做的，仅仅是一砖、一堞、一处烽燧、一垒台墩，无数人在许多朝代创造的精神砖堞的总和，才是东方古代文明的长城！

在对这一点的早识和明智上，我是远远逊于前辈的，我表现了无知与迟钝。当我沿着长城奔波辗转了将近五个月后，我内心不禁渐渐升起一个怯生生的狂妄念头，"应该写一首，不，写一部关于长城的诗"，我这么想。

　　之后某一天，我妄图实践一下，就写了上面那么几十行，写出来一看，糟透了，于是立即停止，我明白了这无疑等于以卵击石。

　　我之所以把它抄录出来，是为了羞辱并警戒自己。只要看到它那碰碎的鸡蛋蛋黄流淌的可怜样子，我就感到在长城面前的颤栗。

　　长城可以什么都是，但它不是诗。

　　"它是无法表达的……"

第三章　陕北篇

兵马俑的后裔

这一章我是要写陕北的，我对陕北人怀有一种特崇敬的感情。这是因为当今愈演愈烈的人的精神家园的丧失，使我深切地体味着黄土地和窑洞的温暖，使我对残存在黄土高崖上的一部分，未异化的族群所特有的自然品质格外看重。我以为，这种正逐渐缩小并必将被消灭的质朴精神，将会被未来的人们所重视，将会被重新发掘出来，成为人类文明的重要组成部分。

但是，让我先写一写陕西。陕西和陕北这两个被划归在同一个行政区里的地域，这两个地域里两类人，差别不仅是明显的，而且是深刻的。他们不是一双尚未分家的兄弟，而是住在一个家里的两种完全不同的人。"是西安呢还是延安？"这两个象征在我的文章里也还合适，但是意思不同。

西安是中国从前的心脏，也是长城的发源地——"当时修长城的那个人究竟想了些什么？"恐怕西安应该知道；西安是一座至今残存着汉唐盛况和帝王气象的农民城市，是一个标准的"城市里的村庄"；西安是保守的、固执的，同时也是幽默的、世俗的，它正努力地试图从周遭累累的高大帝王墓葬的压迫下站起身来。

但是，能站起来吗？

西安还没来得及舒展一下腰身，它的郊外一个惊人的历史奇观就爆炸了，秦始皇兵马俑发掘出来了——古墓葬里伸出一只手来，又一下子震惊了世界，压住了它的现实！历史的幽灵总是和这座伟大的城市开玩笑，纠缠着它，笼罩着它，压迫和戏弄它。

这里用得着这样一段话："可是，这怪物并不是一件僵死的重物，相反，它用有力的、带弹性的肌肉把人紧紧地搂压着，用它两只巨大的前爪勾住背负者的胸腔，并把异乎寻常的大脑袋压在人的额头上……值得注意的是，没有一个旅行者对伏在他们背上和吊在他们脖子上的凶恶野兽表示愤怒，相反，他们似乎都认为这怪物是自己的一部分。"（波德莱尔《每个人的怪兽》）

兵马俑的出土使这一切变得更加富有戏剧性。

一些村妇在这儿得到收停车费的保障；

商贩们在这周围开辟了广泛的市场，他们用陕西英语向旅游者讨价还价；

小型的兵马俑仿制品一时间遍布各种家庭的玻璃柜；军官和士兵们仿佛找到了自己远古的形象，庄严肃穆的职业感令人掉泪。

有几个诗人想到了歌颂以外的内容呢？

源于血脉的、对祖先的神圣感情封闭了思想通往其他方向的道路，只剩下了膜拜和毫无内容的自豪。

封建帝王用一群泥塑的士兵，一言不发，一箭未放，又一次打败了我们！而且他自己还没有出场，他深藏在高大神秘的陵墓里雄视着现实。他让你深刻地感受到，这个修建了万里长城的人，是非常、非常强大的。

他的影响和力量，并没有中断。

他随时可以唤起人们下跪的欲望。

他依然是人生最高价值实现的目标和偶像，当一个人有了可能，寻找到的第一个模仿对象，还是他。

除了这位千古一帝的秦始皇，我们灵魂深处的源头上还能盘踞着谁呢？

只有美国总统里根可以毫无牵挂地面对队列森严的兵马俑轻松地开一句玩笑："解散！"谁说不该"解散"呢？站了上千年了，就这么一动不动，表情严肃，不累吗？如果我们不是仅仅把他们看作泥人，而是把他们看作是一种象征、一种形象，一群曾经在华夏土地上生存过、战斗过的有血有肉的灵魂，那么，我们首先应该想到的，是轻声地告诉他们：

——亲爱的先祖，现在可以休息了；

——战争结束了，皇帝死了，时间已经过去了千年，你们自由了。

仿佛他们只要被唤醒，只要换上一套今天时兴的衣服，马上就可以走进人群当中去，不说话，谁也分辨不出来。他们和今天的陕西人长得多像呵，不，今天的陕西人长得和他们多像呵！这真是人种的惊人酷似。黄河流域的古代文明所哺育出的，正宗炎黄味儿十足的一支族系，正是这样：扁平脸孔、宽颧、厚唇，眼睛稍显小，一般为单眼皮，耳廓长大；骨骼粗壮，臀部坚实肥厚，腰长而腿短。

总的来说是这样，当然每个个体局部还有变化。兵马俑如果还没有出土，我这么描写，可能会使某些人认为我贬低了祖先的光辉形象，所幸有兵马俑摆在那儿，一望便知。使我真正感到奇怪的，有两点：

一、兵马俑里没有一个陕北人！

二、自秦以降，历经无数战乱，跨越两千余年，这一族系的人形竟会保持得如此完整，几乎是毫无变异！

这一方面证明了遗传的伟大穿透力，另一方面也证明了陕西的自我封闭和保守。正是，"八百里秦川尘土飞扬，三千万老陕高唱秦腔。"我知道，陕西人是非常自尊的，他们无疑具有众多值得骄傲的资本，他们拥有深厚悠久的文化渊源，顺手舀一勺，也比别人学得多；长城基本上是靠他们修的，还有秦直道，还有阿房宫；他们实在是堪称兵马俑的后裔、炎黄民族的嫡系……但是，我还是想冒着可能令他们恼怒的危险，坦白地写一点我的印象。我想，这并不能从任何本质意义上伤害他们。

我听到的一个对陕西人的戏谑是这样的："老陕啊——不化妆的时候，是兵马俑；化了妆就是唐三彩！"这个玩笑开得是有些"恶毒"，但是不能不承认有几分传神。

其实，陕西人（不包括陕北）的文化中含有极强的自我戏谑和自我贬抑的成分，他们往往能够以非常轻松、极其刻薄的方式嘲弄、耍戏现实中的自我，他们可以把自己的姿态摆得非常低，进而反衬出某些故作姿态的人的可笑。装憨、装土、装傻，是他们的绝招儿，使一切严肃正经显出滑稽：这种用自我贬低来糟蹋对方的幽默感，为陕西人独有。这显示了极高的讽刺力、穿透力和对自我生存状态的清醒，同时也无意中流露了缺乏进取、油滑世故和"老子从前阔过"的精神状态。

有趣的恰好是，陕西人可以自己恣意地贬低自己，但决不能容忍外人的丝毫贬低和嘲笑，这种自尊时常表现为狭隘。

陕西人官爵意识较之别的地方人来得更为直接、天然。俯仰随时，高低自如，仿佛天性中经受过训练，对官场的适应毫不费力。同为帝都，虎踞龙盘的南京酿就的是柔媚享乐的六朝粉黛遗风，金风明敞的北京形成的是兼收并蓄的满汉全席文化，而西安，虽然没有失尽昔日"关西大汉，手摇铁板"的豪气，但毕竟由于封闭自足而衰落于近代，形成了这样一种自嘲的、唯官的样子。

这能不能归纳为一种"长城心态"呢？

我想，大凡倾数代人心血所创建的伟物，除了闪耀出万人仰见的大辉煌之外，亦必随之有常人不可察视的大阴影。有多么大的光辉，势必也有多么大的阴影。巨树之下不长草，金字塔下无伟人，正如台湾散文大师王鼎钧所说的，"长江给我的印象是，伟大得使人想灭顶。"长江如此，那么长城呢？长城使人有时候想变成蚯蚓，钻进土里去；有时候又让人想变野鸽子，扑打着戈壁旷野的风，落在耸峙凌峰的墙堞上……唉，说来也是，兵马俑的后裔不好当啊。

"若是好，便是了。"这句话一点儿也不错。

谁还能想出比"朱雀大街""炭市街"更典雅、更古朴的街名呢？谁还能举办比碑林更耐人寻味的书画展览呢？谁还能作出比无字碑更坦白、更自信的历史辩白呢？谁还能指望长得比杨贵妃更艳丽、更迷人呢？

帝王之都的一个最重要的特征，是比别的地方更容易接受统治者的价值观念，是在政治上更容易成为帝王的顺民而不是造反者。这才是兵马俑的本质，也是笼罩在古长安的最沉重的阴影。

所以我注意到了这个现象，兵马俑里没有陕北人。

陕北人从很早的时候开始，就是造反者。这支在黄土山塬上唱着信天游放羊的受苦人，这支高鼻梁、高额骨的质朴峻悍的山里人，长年累月受苦煎熬，却总喜欢立在山羊挺立的高崖上遮眉远望。

噢，你总是在那儿望什么？

——"挑动黄河天下反。"

这些脸上有棱角的、额上缠白羊肚毛巾的、平常看起来憨厚朴实的陕北人，原来是脑后长反骨的呀！只是再造反，陕北还是个穷山沟。很显然，这支人另有来头。他们肯定不是兵马俑的后裔。哦，一支融汇进来的游牧种族吗？要不然，怎么后来还爱放羊？

黄土高崖

那天，我活了四十多年第一次站立在陕北的厚土高崖上。我本来是为着寻一处最早的长城遗址，不料那看着不高的塬竟像是没有尽头，一塬未尽，更大更高的一塬又起，塬塬相套，绵亘不绝。它仿佛是无休止地向天空接近，却又永远无法成为天空的一部分；一眼看去，它是那样浑厚地隆起，毫不俊俏高拔，但是上着上着，你却突然大大地脱离了平川。

积雪仍然大面积地杂驳在塬上，塬垴上有时呈现出一片谦卑的村庄，村庄里的道路像稀泥露出的牙床。

老人显得非常陈旧，他们的眼神和表情也同样显得陈旧。狗像一些用了几十年的破旧棉花网套，鸡像扔在土墙边上会动弹的鸡毛掸子。水窖上浮着一些败叶，个别表情凝重的山羊用钓鱼爱好者的眼光盯着它们。

长城遗址已经凹陷成一道寂寞的土巷了，夹拥着它的是两户农家的矮土墙，墙上有一些矮枣刺。这些住在长城上边的人家十分宁静，丝毫不认为生活和考古有什么关系。

地里随手可以捡到破碎的古陶片，秦砖汉瓦在历经无数次犁铧的耕耘后，犹未还原为泥土。

一座不知哪个朝代的、也不知纪念谁的将军庙，荒芜在一个孤立而险峻的巨型土柱似的山顶上。将军庙窗门洞开，碑倾砖颓，杂草丛已成为野鸽子的首都。这么四面空绝的山头上，谁知道庙是怎么修过去的？

那天，我转过了几座山塬，心里有大量空洞麻木的感觉升起，它们游移、碰撞，在心灵深处发出迟重无力的钝镐挖冻土的声音，使人感到无法产生思想。恍若肩膀上被移换成了一个类人猿的头颅，什么都想不清了，什么都丢失忘却了……只剩下空洞麻木，两条腿不自觉地向前走。

远远地看见一个农民，他先是蹲在地里，然后站起身来，远远望着我。这是唯一的一个目标，我朝他站立的那个塬尽头走过去。我走过去，近了。我看见他丝毫没有表情地笑了一下，用手朝前面指了一下。

我又朝前走过去，忽然发现眼前呈现出一座惊人的黄土高原大峡谷。而我，正站在一个黄土高崖顶上。我的目光像两只跌扑进空谷里准备起飞滑翔的老鹰似的，被巨大的惊心动魄的大峡谷揪下去，欲起不甘，欲下不能，心也随着往下沉落。由于完全没有准备，也由于麻木，我被这突然呈现的、如此大气磅礴的地貌景象给镇住了——

大地仿佛在它最厚的地方无声地裂开了，把它内部难以置信的真实展示给你看。又仿佛是远古神话里的什么人物，譬如共工之类的神，一斧头劈在了这里，留下这道大伤疤至今没有愈合。

它令人想起"鬼斧神工"这个词。

千丈断崖在峡谷两边耸立、对峙，犹如用清一色的雄浑褐黄所堆积塑造而成的大型雕刻。它的险陡，它的色泽的纯正，它的背景的绵亘万里直铺天外，几乎壮阔得有了不真实感。如果不是因为它已经是真的，那你有权怀疑它是假的。

四周全是绵延的黄土山冈，大地的肌肉、筋腱，厚墩墩、磁甸甸地皱着叠着拥挤着鼓胀着紧绷着在一起，宛如向天空表演健美。当然更像一群巨大的黄色公牛，拱起坚实的脊背、强硬的粗壮脖颈。

空谷里，飘风在寻找漩涡。好像一股轻浮浪荡的水流，相处飘游，然后上升，把峡谷上空浓稠如牛奶的阳光稀释成浅蓝灰白的液体，清冽地均匀泼洒在起伏的山峦上。

从这个令人眩晕的高崖俯瞰下去，黄土崖壁陡阔的大断面一层一层，宛若大蛋糕的切面，褐黄温厚，似乎还有一点毛茸茸的质感，是一种厚壤的踏实可靠的险峻，掉下去觉得摔不死。

峡谷底部开阔的几十公里黄土沟涧和坦荡滩地上，一条看起来细小弯曲的河流在浅蓝灰白的天空下闪着亮光。它是那么细柔、幼小，却含有风尘仆仆的劲气，带着不同凡响的力度；它搁置在周围如此巨大雄浑的背景里，居高望去，像一条发亮的游丝或是穿越戈壁的发光铁轨那样，弱小而又坚定。

"那是个什么水？"我指着它。

"黄河。"农民低声回答。

黄河？啊，怎么能是大名鼎鼎的黄河呢？黄河怎么可以就这么无声无息地从这里走过，没有仪仗队，没有欢呼？而且看起来黄土高原抖一抖肩膀就能堵住它的去路，把它填平……但是伟大的黄河却像蛇一样在波涛起伏的山岭间逶迤，它是那种藏有巨大生命力的活物，它在亿万年堆积而成的黄土厚层中扭动着身躯，坚定地向东运行，仿佛急于赶去赴海的约会。它一路上折叠了平原，挤弯了村庄，劈开了山岭，推开了巨石……谁能挡得住它呢？

它一路上一边走一边成长，从淙淙泉溪长成青海少年一般的活泼的小河，从小河长成具有号召力的青年领袖似的宽阔雄壮的一脉大水，从大水长成经历艰苦曲折而终不改暴躁豪直本性的中年汉子似的……北方的河！

但是最后，它长成了我们苦难民族的母亲。这条河经历了人生的全部阶段，变演了从绿林好汉到苦难母亲的正负两极，它真是够包容、够概括的了。

现在它正在大峡谷里闪烁着，光！

"妈妈的心呀……鲁冰花！"

我想起这支儿歌，才觉得这歌其实是唱黄河的，黄河是应该用这样一种情调唱的，它是应该有这样一种细柔、弱小的形象在里面的。

呵，高崖阔壁，深沟巨壑；

呵，饥鹰下掠，樵夫半悬。

这时只有一条细细的、发光的小蛇，逶迤爬行在大裂痕的底部，它还有很远很远的路，它，也是黄河。

统万城

已经在陕北的黄土高原上游荡了好几天，我不知道自己究竟有什么目的。别人的目的我知道，但我这个人天生无法参与为别人实现目的的过程。假如不是我太伟大，那就准是我太自私，总之我很难把自己的目的纳入在别人的目的之中。我改造过自己，努力尝试过，结果都失败了。后来我发现自己很可能是一个经常舍己为人的个人主义者。

我自己的目的究竟是什么呢？

我不知道。我迷糊着呢。

原来理解自己、弄清自己意识的原委也是一件非常不容易的事呢！蠢人才自以为对自己一清二楚呢，所以才成了蠢人。忘记了自己人生目的的人或自己根本就没有什么人生目的的人，连蠢人也不配，只是一个食品的过滤器、一个衣服的包装物罢了。

后来，去过统万城之后很久，我内心深处的那个隐藏很深的东西才渐渐露头儿了，逐渐从模模糊糊、混混沌沌的一团显出了形态；像小孩的胚胎慢慢在子宫里成型一样，人的意识变成眉眼鲜明的语言和思想，也需要过程。

　　我从统万城的废墟上捡回来一根细白的腕骨，我猜可能是手腕骨，细腻光洁的一根。

　　从淹埋废墟的流沙上拣起这根骨殖的时候，它正躺在打磨它的细沙里，在太阳下闪着银手镯似的白光。

　　我捡起它。它显得洁净、秀气。除了人，动物不会有这么文雅的白骨，而且很可能是女人和小孩的腕骨，如此细致。

　　皓腕凝霜雪。我略微知道一点统万城的历史掌故，于是我明白，这只手腕活着的时候，距今一千五百余年了。皓腕也曾凝霜雪。

　　我用手帕把它包起来，装进衣袋里带回去了。很久以后——大约过了两年之后吧，我想起这根白骨的时候，心里突然明晰了：那个我自己的目的从意识的深井里浮上来，我一眼看过去，就明白了。

　　我一直是在为陕北人寻找祖先来着。

　　我一直怀疑着在"汉族"这个枝叶繁茂的树冠下面，根的来路并不一样。

　　这个人口占全世界百分之二十五的国度在操持共同的语言文字之前，谁知道一统天下的帝国之海容纳进来多少种族的河流？

　　我们难道不应该追溯一下自己的源头么？找一找，梳理一下更深刻的脉络，也许一些突然的现象就不是孤立的、偶然的了，也许一种整体的、历史的认识和把握就不再是空谈，而成为清醒的自觉。当我们大讲"弘扬民族文化"的时候，是不是意识到了我们对自己民族历史的了解所知甚少、相当浮泛呢？如果我们老是这么浮泛，老是这么自甘浅薄并且自以为是，恐怕还会在绊倒前人的同一块石头上，再次绊倒。

　　统万城就是一块绊倒前人的石头。

　　这个而今被人遗忘的废墟，曾经是一座显赫繁荣了五百年的帝都。

公元四世纪至五世纪间，随着晋王朝日益衰落，中国进入史称"五胡十六国"的大分裂时代。

匈奴末代单于赫连勃勃指挥他的"铁弗"骑兵，东征西杀，夺取大片土地，创立大夏国。他的疆域包括今陕西秦岭以北、内蒙古河套地区、山西太原、临汾西南部及甘肃东南部，俨然北方强国。它的首都，就是统万城。

这一段历史知识是七十八岁的史学教授史念海先生在西安告诉我的，我非常尊敬这位有知识的老人。他精力充沛，谈锋甚健。

"长城的作用究竟有没有意义？这是中国古代农耕民族对游牧民族修筑的'马其顿防线'嘛，使黄河流域的文化得到一定程度的保护，未见得就是保守。"

"我建议你去韩城县的魏长城看看，那段长城修得很好，虽然是土长城（那时还没有砖），但是十分结实。前些年农民平整土地，想用炸药把它炸掉，实在炸不碎，只好不炸了。"

史教授的西安口音总是把赫连勃勃这个雄伟不可一世的名字念成"和莲婆婆"，使人听起来总觉得这个和蔼可亲的名字和那些凶猛的业绩格格不入。他说，"'和莲婆婆'暴虐过秦始皇。"我听了简直以为是听乡村老汉的天外奇谈，"不会吧？"我将信将疑。

"怎么不会？暴虐过。"史教授赌气似的肯定。他说，统万的意思就是：统一天下，君临万邦。公元四一三年至四一八年，"和莲婆婆"征十余万民工，耗五年时间，修筑了这座盛极一时的都城。

传说筑城的土，是用米汤和羊血搅拌，全部用锅煮过。监造城池的将作大匠比干阿利是赫连勃勃手下的亲近大臣。每筑一段墙，必用铁钉锥之，凡锥不进去者有奖，锥进一寸，即杀工匠，当后拆掉重筑，连人筑进城墙里。

史料记载，当时"其城土色白而坚固"，"硬可砺斧"。

公元四一八年，赫连勃勃发兵南下，一举夺下长安，正式即帝位。冬十月，委太子璝为大将军镇守长安，自己挥师北归刚刚营建竣工的京都统万城。

赫连勃勃是个什么样儿的人呢？

《晋书》上说他"身八尺五寸，腰带十围，性辩慧，美风仪"。还说他"虽雄略过人，而凶残未革"。

《太平御览》记载，当初赫连勃勃北游契吴山，面对着一片形胜之地，不禁失声赞叹："美哉斯阜，临广泽而带清流，吾行地多矣，未有若斯之美。"遂决意在此兴建国都。

《统万城铭》是这样描绘当时之盛景："崇台霄峙，秀阙云亭。千榭连隅，万阁接屏。……温室嵯峨，层城参差。槛雕虬兽，节镂龙螭。莹以宝璞，饰以珍奇。"这篇由大夏国当时的秘书长所撰写的拍马屁文章，曾刻石于城南，虽是夸辞也足见其豪奢。

我到这个俗称"白城子"的地方时，就完全是另一番景观了。那些穷极文采的夸辞对我来说是不可想象的。我甚至可以武断地认为，那一切根本就没有存在过。现在剩下的是这几句诗里的样子："汉家今上郡，秦塞古长城。有日云长惨，无风沙自惊。"

我踩着细厚柔软的沙浪拣拾那根腕骨时，听见沙下发出各种瓦当、滴水、陶器被压碎的声响。是沙下的城在呻吟？还是诅咒？

我又登上一座耸立的城堞废墟，这是那座帝都留下的一块大骨头，都城的肉身已经化尽了，这骨殖还在。是的，土是白的，其硬度比不上顽石，但也仅次于顽石。

还可以隐约看出城堞上一座楼厅模样的宽大拱室，应该是赫连勃勃常常坐着的地方。当时他佩着大夏龙雀宝刀，置弓箭于身

統万城 119

旁，威服九区，看谁不顺眼就一箭射过去，如风靡草。现在赫连勃勃不在了，而是野鸽子肆无忌惮飞起飞落的地方。

赫连勃勃呢？

噢，你问他呀，他……下班了。

有没有没下班的？

找一找，你找一找。

咩——羊叫。

循着羊叫声，找见了统万城留下的唯一一位值班的。柴杆围成的羊圈后面，露出挖进古城墙里的几孔窑洞。

窑洞里贴着剪纸的窗台上，蹲着一只毛色斑斓的公鸡。公鸡金亮的眼珠瞪着我，带着看门狗警戒的神色，仿佛随时会扑过来，咬我。

马老汉当时迎出来把我让进堂屋，寒暄数句之后，他突然走过去打开墙壁上一个如柜的小门。那个柜里很像一个佛案，其实是空的；老人钻进去，里面是整整一个大坑，是他的卧室兼贵宾接待室。

他钻进去，转回头朝我笑着，招着手说："上来吧。"

我钻进去。咦，里面别有洞天，还挺"高级"。

我说："老人家身体还硬朗吧？"

他说："就是个硬朗得很嘛。死不了嘛，你说咋办哩吧，唉，没办法。"

他低头看了一下自己的身体，然后抬起头来，无可奈何地望着我，一副"甚表歉意"的样子。仿佛他活到现在，责任并不全怪他，而是身体不听话，要是按他的意思，决不会拖延这么长了。

"身体硬朗是好事嘛，老人家。"

"好什么，浪费得很。"

我笑起来。心想，一个人要是"谦虚"到这个份儿上，你还能拿他有什么办法？

我说："老人家，我是来看你的，不是催命的。"

"俄知道。"他说，"俄也是和你逗笑呢嘛。"

闹了半天还是我让老头儿给"耍"了。这个马老汉，是统万城的最后一个老神仙。他点着了一盏小油灯，然后拿出一个磨得深渍光润的羊骨烟袋锅，点上，吸了几口，递给我。

我从来是只嫌城里人脏，不嫌乡下人脏。你想，一个守着山羊和公鸡的孤独老人，谁能把脏东西传带给他呢？我接过羊骨烟袋锅，没擦，抽了几口。一股枯树叶子和棺材板子的混合味儿，不好抽，我又还给他。

"老伴呢？"

"待不住啦，到红墩界乡的儿子家住去个啦。"

"就把你一个人扔在这儿，吃什么？"

"儿子一个月赶毛驴车送吃的来一趟，俄会做饭。"

闲聊了一阵，我才知道马老汉原来也是一个一九三八年的老党员呢，谁知他怎么弄的，最后竟成了统万城废墟上"值班"的了。

老汉叹了口气，说："共产党是谁也没亏下，就亏下了俄一个。"

几乎与世隔绝的老人也有牢骚话儿，我当然不好说什么，我还以为他心如古井呢。一个在沙丘腹地守着偌大一座废墟的人，还记着他一九三八年的党龄，多怪。

我说："你一个人，夜里怕不怕？"

他说："离开这地方俄才怕呢。"

我听着这话，开始觉得这老人深奥和这古城差不多了，听起来有点悚人。乘着天光还亮，我得告辞了，因为我猜想不出清冷的月光之下，这寂寞的沙墟上会响起多少阴魂的走动声。

老人说："住下吧。"

我假装客气着起了身，心里想，"哪儿敢啊！"

很久以后，我查到一份资料，上面记载着一点我想为陕北人找祖先的根据："五代至宋，党项羌族李氏世代据夏州，后西迁建西夏王朝，统万城又曾是西夏的发祥地。"

大夏而西夏而终于有了"宁夏"，我感到一支种族融汇消失的轨迹了。来龙去脉并非羚羊挂角，造反的传统更不是突如其来，血液！在这红色的河流里，历史和记忆鲜活地流动着，顽强地表达着。它们在时间造成的残酷之外，延续着一个种族的心理世界，并且坚定地把它写在那些无知无觉的人们脸上。

唱信天游

　　有一天我突然想唱信天游，因为我突然想到假如我能放开喉咙不管不顾地在高崖上放歌，会不会显得与这陕北高原稍微和谐一点呢？会不会多少也像一条绥德汉子呢？我想试一下。

　　但是我失败了。我一张口，就发现高原的强劲空气的压力比我鼓起的那一股丹田之气大得多，一下就把我堵回去了。另外，我无法在空无一人的万山之上做到唯我独尊，我总是感到有人，总是害怕被人笑话，我的意识里坐着无数的人，在看我。何况那信天游的旋律是极自由的，那几是山峦的起伏、白云的状态在微风细意变化，我哪里能"信口开河"地唱出这种神韵呢？即使是唱歌吧，我也只能按着现成的规矩去哼哼，我已经不敢、也不会张口就放出自由的内心的声音了。

　　我就这样无声地站立在高原之上，孤独而无歌，寂寞而无我。我感到了万山对我的藐视和怜悯。我想，我当时的情景就像一只从动物园逃回到山野间的狼，独卧山巅，仰天对月，可是突然丧失厉声长嚎的勇气了。这还算一只真狼吗？这还配雄踞山顶作荒野的主人吗？只是一团滑稽的像狼的东西罢了。

那一刻，我对信天游痛失如悟，我才知道人生是怎样渐渐地让一种自由的声音永不为我所有，我意识到我不知不觉地丢失了人的多么重要的东西而毫不心疼，想到这些，一阵空洞。

你晓得天下黄河几十几道湾？
几十几道湾上几十几只船？
几十几只船上几十几根杆？
几十几小艄公来把船来扳？

当我听到我内心深处的回音壁上传来这声音时，噢，我只想哭。我多么想能够把这样低缓哀痛而有力的长调悲歌传达出去呀，我多么想它，想唱它，但是我不能。

那是坐在长城废垒上的一个披羊皮袄的人对一群羊的独白。

那是踽踽独行在黄土的波浪之上的一个人翘首对着永无回声的蓝天白云的倾诉；

那是立在黄河的这一岸断崖上，向着被汹涌的独流隔断开的另一岸，向着不可谋面的想象中的情人的渴望；

它正像我内心暗藏的一股最难触动的淤泥；它正缓缓流出。这淤泥里的成分太复杂了，而且久远，久远成一种酝酿，复杂成一种比我本身更多种的因素；它的流动只能靠泪水去融化、推动，它流出来是那种块垒的溶解、痛苦的坍塌、苦难对万物的宽容、丑恶对自身的忏悔，这是一场心灵沉积物的泥石流运动。

这种引发其实并不需要多么强烈的音响，也并不需要和声、交响伴奏之类多余的东西，只需要听到那出口的第一声调子，就足够了。因为你正等着它，你的全部坍塌只等着这声与心血相应的共振。相比之下，所有歌星的表演都是造作的、丑陋的；所有歌唱家的声带都是规范的、可笑的；所有音乐大师的作品，都是仅仅优美的异味儿。这些音乐，有的遭到你心灵的拒斥，有的被你嘲笑，也有的使你愉悦和欣赏，仅此而已，它们没法子让你哭，因为它们不是只给你一人的。只有它，使你像婴孩一样肆无忌惮地张大了嘴，却发出了苍老的、可怜无助的、咳嗽一样的失声。

这是父辈从另一世界发来的声音，正是这种亲族的力量，触动你，掀起你情感中一脉黄水波涛的泛滥决堤。

还有比信天游更自由的精神吗？

还有比信天游更乡土、更可信赖的吗？

还有比信天游更血统、更颤抖、更如云似梦久别重逢的吗？

对我来说，恐怕是没有了。

我听见羊群对一只头羊的哀伤和悼亡，是这样的：

细面长，白馍软，
一端碗就想起刘志丹。
眼泪顺着饭碗流，
世世代代想老刘。

我听见一只鹊鸟对另一只鹊鸟的喳喳叫声，单纯而又坚决：

宁可叫皇上的江山乱，
不敢叫咱俩的关系断；
听见哥哥的脚步响，
一舌头舔破两扇窗；

唉，黄土，黄河，你造就保存了多么好的人性哟！高崖厚土的高亢，九曲黄河的起伏曲折，那种从容自在的绕弯儿，俯瞰一片铺向天边的黄世界的坦阔，还有搏拨浊涛浑水于一桨的稳重镇定……信天游！它同时还是熟稔的村庄里族门家院升起的炊烟，还是许多你不知道的但是属于你的东西的呈现和隐没。

人天性中的一腔不曾泯灭的自由精魂，正在这里，在民间。那些侮辱人民的人，那些不了解人民而误认为他们愚钝的人，应该检讨自己，因为正是人民的长歌里蕴藏着对自由理想的渴求，因为正是他们遭受了最沉重的压迫和可怕的束缚，还有，正是他们忍受着蒙昧这个黑暗力量的迫害和歪曲。唉，人民。虽然这是一个被用得泛滥惯熟的词，虽然它已经被捧得很高，空洞得早已脱离了它的原配，你还是不难感到它本质的分量和朴素的含义，那就是：人民首先是人，最真实意义上的那类人，然后还可以肯定的一点是，不是官。

一般地吹捧和空洞地歌颂人民，恰好是疏远人民所产生的行为。

早就应该指出的是：在不同的时代和历史时期，人民是会生病的，人民会有缺陷和病创。既然我们承认一个时代可以发疯，人民怎么可能一尘不染呢？它不是蒸馏水，不是真空里的佛影，而是生存在大地上的人们。因此，不管人民从整体上怎样不朽，不管他们当中蕴藏着怎样深厚的、丰富的进步愿望和美好要求，他们仍然具有蒙昧、狭隘、需要教育和引导的一面。这正是有勇气的思想家必须正视的现实。一切对人民的病态回避、粉饰、甚至当做鲜花来歌唱的态度，总是别有用心。

你理解他们吗？

你除了爱自己之外也爱那些、或者更爱那些表面上看起来暗淡的人们吗？

你能够把他们隐秘的眼神和深邃的愿望看做是使自己的生存无法安宁的唯一的良知吗？

如果爱他们，你的心灵有足够的幅员吗？一个人的贪心可以随便装下成吨的金钱，一个人的野心可以轻易地吞进整个国家，但是一个人的爱心呢？往往连别人的一根头发也容纳不下！

造物主啊，你就用这样嘲弄的方式创造出了人心的滑稽；大可包天，间不容发。在这一点上，你又拿人开了一个绝妙的玩笑！但是同时，你却让一些人的心变得非常坚强，具有比生命更长久的忍耐力和爆发力。在这一点，你表现了高度的敬意和严肃。

你看，唱信天游的人。

你看见他们头顶上白羊肚毛巾的扎法了吗？那是一种沿袭的风俗，但是这种风俗里隐藏着一个历史传递下来的密约，一个默契。这个风俗在成为风俗之前，应该是一种标志，甚至是暗号。明眼人一眼就能看到它的秘密的含义，感到警觉的意味，那雪白耀亮的、英气勃勃的、像两根粗牛角突凸在前额上的羊肚子毛巾里，扎着"造反"这两个字在一支被融汇了的异族人心血里悠久的心理情结。

你看见他们是怎样熬度并期待着生活的吗？这些被长城关在外面的人们，这些被迫生存在山巅的人，凿山为窑，辟坡成田，即便久已改变为定居的农业生存方式，但依然保留着一些异样。他们不造屋而箍窑，他们还是喜欢在山巅上牧放几只山羊，他们的语言口音里有着明显的非母语的生硬感，他们的信天游具有鲜明的游牧民族长调的神韵……而且，你看他们的脸，他们的身材，与兵马俑的扁平和矮短是何等的异样呵！"米脂的婆姨绥德的汉"，为什么这么有名？隆起的鼻梁和肩棱上，写着的是异族的血统之美！正是因为这一点，这些人默默地忍受贫困，却总是立在崖顶上遥望天下，望什么？望烽烟，等战尘升起，期待天生的起义者生命中的辉煌时刻呢！

从赫连勃勃的"铁弗"骑兵，到西夏的著名轻骑"铁鹞子"军团；从"头戴毡帽，身着青布窄袖箭衣，肩披斗篷，骑一匹乌驳马"的闯王李自成，到"他带着队伍上了横山，一心要共产"的刘志丹；陕北，你平时艰苦容忍，但是临危却一反常态，在历史的转折关头你何等的英气勃勃啊！

唱信天游……

用心灵去唱，让灵魂飘浮在这震荡高山大河的伟大长歌之上，你会触摸到一种深邃，领会到一种认同，觉悟到那个古老的岁月翅羽下潜藏的蓬勃而又有些毛茸茸的鲜活生命……绵延不绝着呢！

有些事物是不可解释的，然而一切事物都是可以被笼罩、被照耀的。请允许我抄录下一些神的先知的诗句吧，唯有它，是洞悉并俯瞰这座高原的神秘目光——

> 我确已使大地上的一切事物成为大地的装饰品，
> 以便我考验世人，
> 看谁的工作是最优美的。
> 我必毁灭大地上的一切事物，
> 而使大地变为荒凉的。
> 难道你以为岩洞和碑文的主人是我的
> 迹象中的一件奇事吗？

还有：

你看太阳出来的时候，
从他们的山洞的右边斜射过去；
太阳落山的时候，
从他们的左边斜射过去，
而他们就在洞的空处。
你以为他们是觉醒的，
其实他们是酣睡的，
城里的人，
如果拿着你们，
将用石头打死你们，
或者强迫你们信奉他们的宗教，
那么，你们就永不会成功了。

更为惊人的神奇预言是：

复活的时刻是毫无可疑的。
你们在他们的四周修一堵围墙
——他们的主是最了解他们的！
一切，早已经是清清楚楚。

在这种神秘的、久已洞悉而又不露声色的伟大目光之下，我产生了一种直想匍匐下去的欲望。
我知道了：我非常渺小……尘土一般。

黄壤守墓人

长城……这道密布在北国大地上的历史的筋脉，这样地，就这样地把人一步一步引向了陕北的黄土高原。它这是什么意思呢？它究竟把你引到这里来让你看什么呢？你可以感到，长城的脉纹在这里纵横交错，凸凹隐现，你甚至应该能够听到一种不甘沉没的呼救声……从这高原的深沟皱折间升起。

这是一座大坟，它埋葬了岁月。

皇陵算什么呢，乾陵算什么呢，尚未发掘的秦始皇的陵墓算什么呢，在这座中国古代历史的大坟墓面前，它们都是人工的、刻意的、远远够不上雄浑大气的。

整整一座黄土高原才是隆起在版图上的大陵墓，天造地设，宏伟壮观，浑厚博大，黄光四射。

它就矗立在族种起源诞生的位置，坐落于纪年出发的起点。

谁想到过要造这样巨大的一座坟墓呢？没有人想到。五千年，一万年，或者更长的时间，人们只想到它是摇篮，只是默默地在它身边生老病死、繁殖耕耘。流血也罢，兵燹也罢；流泪也罢，天灾也罢；谁愿意离开它、谁舍得离开它啊？

　　它就这么自然而然地形成了。黄土高原风吹成。

　　一个人死了，有坟墓；一部漫长的生存史死了，也有坟墓。一个人的坟墓只说明了肉体本体的终结，并不说明生命彻底结束，结束一个民族的象征意义上的坟墓更是这样。可是谁能想到生和死离得这样近呢？坟墓就隆起在产床上。你看这座伟大的坟墓囊括了多少故事，埋葬了多么悠久的历史！也许是因为埋得太多了，才被拱起来，形成了这样一座大景观、大现象。

　　除了形状意义上的像和历史含义上的像之外，还有一种整体氛围上的像，像墓地。这一点，连感觉比较迟钝的人也会在意识里有所反应。

　　在榆林的镇北台上，有这种意味儿。长城像围绕着北中国墓地的残缺围墙，里面埋葬着古代文明的骸骨。镇北台像守墓人的瞭望台似的，筋骨强健地剥落着。你上去，踩着四百年来的砖石台阶，会感到有一位指挥甲兵的戎装人物刚刚匆忙地下去。你不大想弄清他究竟是谁，只是从背影上看出了他内心的狼狈，"将军白发征夫泪"，他充当了一个名垂千古的看门人。你继续上去，今天的同时也是远古的风，就窜出来拥抱一下你，不很猛烈，带有礼仪的性质，你从这风里嗅到了一股轻微的、阴凉而又无奈的墓地的气味儿。

　　出了神木县城，沿窟野河谷溯流而上行二十公里，在一座突兀的土峁上看规模庞大的古麟州城遗址，也有这种意味儿。那座完好无损的城池像积木一样建构清晰地摆在那里，远远望过去，可以看到它正平静无声地摊开，浸泡在冬日温霭清冽的阳光下。它是那样一种无声的平静，呈现出被生机遗弃之后的那种毫不自觉的安谧。它像一挂蛇蜕，像一廓打开的空棺木，像一个壳，展示了对生命游走之后的死亡的态度。这种毫不在乎、纯乎自然的保存和遗忘，令人无法回避地面对死亡给予众生的冷漠和承认。庞贝城是在刹那间被埋葬的，古麟州城却仿佛是渐渐的，好像离去的那些人们唯恐惊动了它、损坏了它，轻手轻脚地离去，仿佛连鸡鸣犬吠也舍不得带走……留下了这座除了人以外丝毫无损的城池。人们叫它"杨家城"，因为那些在孩童心目中大名鼎鼎的杨家将，昔日就是在这里的豪族呢，活跃得很。

还有无定河。"可怜无定河边骨，犹是春闺梦里人。"在时空和人的忆念痴想之间，有一个多么广阔精致的空中楼阁呵！那边，人已经成了白骨；这边，白骨犹是活生生眉飞眼动的人，在梦里不仅活着，而且还温存慰抚着另一个人。然而无定河却是"无定"的，就像命运是"无常"的一样，它到处游荡，随意更换河床，"逐渐形成了风沙滩地、河源涧地、黄土丘陵沟壑三种类型的地貌。"（张泊《山水胜迹话榆林》）"黄土丘陵"这个地理名词，恰到好处地暗示了陵墓的意味儿。

更为有意味儿的是生活在这里的人，从榆林到神木、府谷、绥德、米脂直到延安，一路上见到的人——或在崖顶上揽羊的，或在窟野间低头行走的，或在坡田上挂锄休息的，或从窑洞里走出来遮眉瞭望的——都有一种神色，脸上呈现出一些仿佛在坚守什么似的表情。那是一类寡言语、少欢笑、无沉思的肃穆凄凉，你若说是一种呆滞也可以，反正这种神态一般很容易从守墓人脸上找到。

当然，你要是问他们，他们谁也不会意识到这一点。不过正是因为他们没能意识到，所以才真实，才更有必要探究。

守着黄土高原这座大墓，在覆盖着古老黄河文明的层层黄壤上随便种点什么，维持最低的生存状态，艰苦无望地守着祖宗的摇篮，眼看着森林被撕去，牧草被烧光，塬垴崖峦光秃秃地裸露着黄壤，珍贵的颗粒随风扬弃飘散，大块的肌理被雨水泡得松溃，成吨成吨的山崖在河流的删削下轰然倒塌……而黄河，每日每时从这伟大的陵墓下挣脱出去，带走了生机和灵气，也染透了种族的肤色和苦难的容颜。它走得不算匆忙，远不能算匆忙，它走得流连又果决，一步一回头九曲十八弯，"一山放过一山拦"。到哪儿去啊？到大海。把俺们也带上吧？黄河带走了你赖以生存的黄土地，却带不走黄土地上的守墓人。

它养育你们，它也随时随地割裂、粉化你们脚下的土地。

那黄天厚土的遗产是丰厚极了，厚成一座高原，但它经得住这条大河积年累月的搬运吗？

大河像一条发亮的不停顿的锯条，就这么锯呀锯呀，把厚厚实实的一座亿万年的高原锯开，锯一棵巨大的古树似的，锯出深涧大沟的裂缝，露出土壤的年轮。

看那年轮——

黄如秋叶的，大概就是所谓"盛世"；焦黑似铁的，当是乱世的血火燎染后凝固成的颜色；还有那断层中黑黄泛红的，透着火光和灰烬的余温；还有那鸽蛋似的麻灰色，流露着沉稳的悲哀。

黄壤的年轮上，压缩了多少朝代。

唉，无法考古。

黄帝陵，扶苏陵，蒙恬陵，赫连台……这一系列环拱着它的小迹象，只是暗示了一个大迹象，引导指示你领悟一个大含义，那就是：这是一座大陵墓，皇皇矗立，内藏着过去的全部谜底和未来的全部预言。

风过草像蛇爬行。伍子胥一夜愁白了头发。姜太公钓鱼愿者上钩，有无心人岂不可有无心菜。你骂我们肮脏请问哪个干净？因嫌纱帽小致使枷锁扛。只疑松动要来扶，以手推松曰"去"。

我的粮食是一杯苦茶。集天下之私而为大公。

正是：

> 山松野草带花挑，
> 猛抬头秣陵重到。
> 残军留废垒，
> 瘦马卧空壕。
> 村郭萧条，
> 城对着夕阳道。

（《桃花扇》卷四余韵）

大地长旅

地理是一部书，我学过。

可是后来我发现，地理老师教授给我的压根儿不是什么"地理"，只是地的皮毛表象；对于大地的道理——地理，他连边儿也没沾上。

十多年来，我在中国的大地上周游，以一个精神游牧者的身份，还以一个中原文化小学生的单纯和好奇，我非常随意地参观、访问、漫游，我没有记笔记。因为我相信我心灵的感光胶片不是过期的，我还相信时间的和文化积累的显影液会使它们显出图像。

我承认，我是一个爱国主义者。

我不是皇帝也从来没有想象过做皇帝。在我看来，皇帝是一种丑恶的存在，我并不艳羡他。我不想要三宫六院，只希望爱和被爱；我不需要大臣和阉人，只愿意有朋友和理解相随；我更不需要禁墙和深宫，我害怕禁绝了别人的同时就禁锢了自己，我渴望自由；我才受不了"百官随辇，骑千乘"呢，我只需要一匹好马任情在山野间驰奔，我又不怕谁。和我相比，皇帝是多么丑恶虚弱的一种存在。

　　我爱的国是别样的，是对大地、山川、河流的爱；是对熟稔家园的爱；是对各个民族造成的丰富、绚丽文明的爱；是对我的民族亲情血缘的爱；是对我的语言，我的方块象形文字，我的书法、国画、京剧脸谱，我的服饰、风俗、习性，我的唐诗宋词元曲小令，我的饺子和醋，我的荞面饸饹的爱。

　　我才不承认什么"朕即国家"呢！国家是大家的，你皇帝算个球！历数百代帝王，什么秦皇汉武唐宗宋祖，哪一个不是装腔作势、面目可憎？最不了解人生的就是他们，最能毁灭人生的也是他们。人民，只有人民，才是创造历史的动力。这句话才是真理呢。

　　但是，"山川钟灵秀，斯民独憔悴"呵，我是这样不断地感到人与土地相处的不和谐；面对"苍山如海，残阳如血"，我也常常像近百年来苦寻生路的志士仁人一样体味、惶恐于我的种族的衰落。有什么办法呢？我们深陷在这块版图上，越陷越深，不可自拔。

　　是谁让我们把自己可爱的家园变成了这样陷没生命、淹埋理想的大沼泽的呢？是历代的帝王以及他们的帮凶和帮闲，这些民族的罪人。

　　我们的祖先并不比别的民族洒的汗水少，他们不但不比别人懒惰，相反还更勤劳；他们也不比别人流的血泪少，更不比别人承受的苦难轻，可是为什么偏偏比别人贫困悲惨呢？那么，噢，是比别的民族傻吗？但是不像呀，人类科学最早的发明，世上最深奥、最高超的哲学，还有最简洁、最优美的诗歌……都证明他们是极灵活、极智慧、极聪明的，那为什么五千年领先世界的伟大民族落得个近百年来百事不如人？谁让我们无端地承受这些屈辱、疼痛、瓜分、自卑？怪西方的列强吗？归罪他们的坚船利炮吗？怪帝国主义的侵略吗？不，怪自己。怪中国历代的统治者，是他们的私欲、短见和无能，害了我们的整个民族！弱肉强食本来就是大地上的至理，你不图强反怪别人侵吞，连老鼠也不会生出这种怨恨，这不是弱得连兔鼠也不如了吗？

少年时尝读梁任公的《少年中国说》，仰天朗诵，心胸踊跃。任公曰："欲言国之老少，请先言人之老少。老年人常思既往，少年人常思将来。惟思既往也，故生留恋心。惟思将来也，故生希望心。惟留恋也故保守，唯希望也故进取。惟保守也故永旧，惟进取也故日新。惟思既往也，事事皆其所经历者，故惟知照例。惟思将来也，事事皆其所未经者，故常敢破格……老年人如僧，少年人如侠。老年人如字典，少年人如戏文。老年人如鸦片烟，少年人如白兰地。老年人如埃及沙漠之金字塔，少年人如西伯利亚之铁路。"呜呼此言，何以竟不能使东方睡狮猛醒而感奋乎？打了麻醉剂也。道理其实早就清清楚楚，就是不讲道理罢了。以整个民族的衰弱为代价，来换取一己统治地位的稳固，这可不能算是爱国主义者。爱国，爱国，谈何容易哟！那是要甘心情愿为了国家民族的进步牺牲自己的利益乃至生命的呢！因此我不得不承认，我不能算得上是一个爱国主义者，尽管我爱国。

有时候我打开地图册，回味、默想、神游万里山河。我一方面对这片伤痕累累而不减生命活力的伟大母体充满恋情和愧意，另一方面我对统治者的虚弱无耻感到惊讶。不仅一切历史都是统治者的历史，地理也是统治者的地理，在劳动者用血汗耕耘的土地上，写满了统治者的卑微愿望和可耻念头。

绥德、绥远、靖边、定边——绥靖政策就这样写在版图上。

延安、西安、长安、保安、安塞、安西—— 一副求安自保的嘴脸。

宁夏、西宁、南宁——凡是边疆少数民族地域，首先是让人家"宁"，而不是设法让他们"兴"。

循化、归化、迪化——这是驯兽员的态度。

与统治者的愿望截然相反的，是劳动者的愿望和趣味，但是他们无权给大的地方命名，他们只能在统治者无暇顾及的小地方流露自己的愿望。

喊叫水、响水、鱼河堡、甘泉——多么渴望！难道仅仅是对水吗？

三十里铺、四十里铺、沙峁头、头道河子、碛楞、青化砭、南泥湾、瓦窑堡、羊马河——多么质朴、生动，充满了劳动者的气息和辛劳！

五股、旦八寨、后和尚园、铁边城、波罗堡——多么幽默、诙谐，里面暗藏了令人咀嚼的故事和生活！

只需要在地图上随便列出几个地名，就足以看清这两者之间的不同了。更何况版图上还有那么多游牧者生机勃勃的地名，像一面面旗帜一样，呼呼生风，猎猎作响，令人神往。

额尔古纳左旗、科尔沁右翼前旗、新巴尔虎右旗、西乌珠穆沁旗、查干黑利、西桑奥霍诺木、翁牛特旗——这是马背民族的地名，这是进攻的、迂回运动包抄的部队，这是那些希图"绥、安、平、定、化"的历代统治者所最不希望看到的跃动的火苗和不驯顺的精神！

还有一些高山河流的名字，它们更是保持了崇高和自由的精神：慕士塔格峰、公格尔九别峰、乔戈里峰、博格达峰、汗腾格里峰和额尔齐斯河、喀什葛尔河、叶尔羌河、塔里木河、伊犁河……哦，多么庄严，多么优美！在远离禁城的地方，在远离现实的地方，矗立着这样一座座象征着崇高境界的宫殿，它们远比太和殿、祈年殿、养心殿之类的渺小殿堂伟岸、神圣、永恒！而河流，游牧者的这些河流呵，每一条河流都是一支讴歌自由与爱情的歌曲，充沛、自然、随意地担着弯儿、轻松地养育着沿途的生命，显示着自己……这才是少年中国，一个单纯、勇敢、未经污染的天然形象！"美哉我少年中国，与天不老！壮哉我中国少年，与国无疆！"

这就是我所看到的"地理"。

大地无语，也无理。它承载着现实，也承受着现实，承受着人的蛮横。在它的画像——地图上，一个个画着圆圈儿的地名上，那些丧气的、保守的地名，像统治者钉在大地上的铜钉似的，密密麻麻地布置着，结结实实地控制着，把它钉死。

这些，毛泽东是看在眼里，记在心上的。这位伟人对大地有深刻的理解和领悟，他把保安县改为志丹县，把迪化改回为乌鲁木齐——优美的牧场。他这样做绝不是偶然的、无意的，这位经历了二万五千里长征的人，是一位与统治者的精神不共戴天的诗人，是大地之子。

他不仅仅是拔掉了几个钉子。

在他的足迹所经历的地方，那些地名均被镀上了一层新的光辉——反叛者的光芒。

娃儿们

　　大地苍老的皱褶间，群峦闭锁的荒沟里，娃儿们都长得一个个方头大脑，清眉朗目，活似穿了穷人衣裳的小仙童。

　　大眼睛，眼珠黑黑地望着你。望得你心酸，望得你惭愧，望得你心里直想说："娃儿啊，让你受苦，是我们这些叔叔对不起你……"嘴上虽然没有说出来，心里却有一股热浪翻上来，搅得人难受。望着那一双双望着你的眼睛——小孩子的大眼睛，你看见了自己的童年。

　　娃儿们却不在乎，他们自由自在惯了，满身泥土也惯了，新生命的欢乐还来不及虑及周围环境的潜在制约呢。他们正天真着，双眸像一对亮闪闪的镜子，正熟悉着泥土、村舍和山峦，还没有被尘土弄脏、变得昏暗。

　　但是现在他们有些好奇，这些娃儿们，对这些坐在日本面包车里的人，感到新鲜。

　　是对什么更感到新鲜呢？是对这辆风尘仆仆却依然不失豪华的面包车吗？是对穿风衣、戴墨镜、不喝水却喝罐装饮料的这些人吗？还是对空调、录音机里的怪叫歌曲？

总之，娃儿们望着，好奇、陌生，远远地围观着，但不敢走近。

你看着那些孩子们，就像看着自己的童年，那不就是你吗？方头大脑，清眉朗目，在黄土山峦的陪衬下，小小的生命东张西望，黑黑的眼珠儿灵活转动，小生命，你多么美好！多么勇敢啊！你纵使是不敢走近，但你仍然还是不知道什么是害怕呢！世界有多大，怪里怪气的东西有多多，你怎么能够想象得到呢？你可能只知道怕鬼，怕夜里身后的影子追你，你还不知道世上比鬼让人害怕的东西多着呢，鬼算最老实的啦。

这时四月的骄阳热扑扑地滴下光芒，蜡烛油似的，滴在黄土地上，仿佛就能砸出一股黄烟。村边上的鸡都蔫了，羽毛不似往常熨帖，连体积也缩小了一倍。

光屁股的方头大脑的娃儿们望着，车里的人歇在树荫下喝起易拉罐。仰起的长脖上，一个喉蛋蛋忽上忽下，动弹得起劲。喝完了，把罐罐从车窗上递出来，"给——"大一点的娃儿们就抢走了。

一个最小的，大概有三岁。他妈抱着一个更小的，远远趷蹴在山坡上，让他拿罐罐。他是胆怯的，惶恐而又有些羞涩，他站在外面，孤单地望着。

他显得那么孤单而又超常的自尊，你注意到他，看到有人专门把一个空罐放在他手里。他拿了，朝母亲那边走，没走几步就被大些的娃儿们抢走了。

他也不哭，仍然站在那里，孤单地望着。

你觉得那是另一个自己，弱小的、永难向母亲完成使命的一个小躯体，影子比人长出去好多。你对那娃儿说，"过来，到这儿来。"他有点不太敢，望着你。

"过来，娃。"你打开一罐饮料，说："我喝一半，你喝一半。"

他不说话，看你喝了一半，他接过来端在手里，不敢喝。"喝吧，"你说。他迟疑地往洞洞里望了望，小心地喝了一口。

"怎么样？"

"甜呢。"那娃儿的脸上漾出笑窝来了。

嗨，娃儿们，这些土地的精灵乡下的孩子们，这些光身子的小走兽，这些眼珠乌黑的新生命们，有哪一点儿比不上城市里的孩子呢？应该说，比起城市里梳洗收拾得过于洁净、娇惯的那些人造娃娃们，他们反倒显得更健康、更自然红润、更有生命的气息。

穿了穷人衣裳的小仙童，体格好，脑袋大，眼珠黑。品种是优良的，生命力是强健的，智力也在眼珠里灵动。但是仅仅因为投生在这贫穷偏僻的山丛中，孩子们，你的一生就将是被命运注定了的。这难道是公平的吗？哲人说过"人生来就是平等的"，谁说的？

一个五岁的小女孩，胆子大。她上到车里来，屏住气，参观这辆车。车上一个最聪明的叔叔开始逗她，和她开玩笑，给她出洋相，可她一句话也不说地严肃地看着他。

"你怎么不说话哇？"聪明的叔叔说。

她望着他，一脸大人的表情，过了一会儿，她突然对他表态了，她说："你愣着呢。"她的看法如此出人意料。娃儿们的心思同样是难以猜测的，谁知外界的事物在他们心灵上留下了什么样的影子呢？

孩子们都是可爱的，但是岁月将把他们捏造成什么样子呢？

你永远看着娃儿们的眼睛！

那——才是通向宇宙深邃核心处的永恒的黑洞！

一钵水中有八万四千虫

我们这样艰辛、这样乐观在北方活着，没有怨尤，也不妒忌。我们是吃土豆的人，是吃荞麦面猫耳朵的人，是善于蒸各式各样动物造型的大白馒头的人，也是爱用一把剪刀一张纸铰出自己念想的人，而且我们肯定更是修建了长城的那些人的后裔。

我们在北方活着，我们是干燥的。祖祖辈辈，世世代代，我们有足够的空气和足够的土地，但是我们没有水。多少河流从我们的身子底下暖化了，活了，像被母鸡孵化出壳的小鸡似的，活蹦乱跳地从我们身边跑走了，它们在南方长大，变成体态丰满的大气象。河流在南方汇聚拥挤成令造桥的工匠头痛的水世界，可是对我们就这么吝啬，它只用一捧水养活我们。每年每年，他们发水，我们缺水。

我们依然还是不肯背离家园啊！

假如你逃走了，谁会责怪你呢?

没有人会责备——除了你自己的心。而且你的心也不会专门责怪你，它只是隐隐地牵扯你、感伤你，只是在你决然前行的时候，让你总是频频回头。心灵呵，它正是一个藏在你胸腔里的现实行动的对头！想一想，有哪一次采取重大现实行动的时候，你的心不是阻挠而是支持你的呢？每每那时候，你总是要"心一横"，或者"硬下心来"，才行。

佛祖说："一钵水中有八万四千虫。"

佛祖又没有显微镜，他怎么什么都看见了？他怎么知道"一沙一世界，一花一天国"？难道他真的有天眼吗？

天眼就是心灵。

心灵就是藏供在肉体中的"一钵水"。

"一钵水"中有八万四千粒游动的、死去活来的、无知而全知的、茫然自在却决定肉体并成为其神庙的精神之虫。它拥有遗传的神奇禀赋、宇宙的全息摄取、道德的良知规范、梦的隐喻暗示和动员、控制肉体的神秘力量。它是多情的，也是冷酷的；是理智的，也是非理性的；它干脆就是超然于感情和理智之上的、如烟似雾团团纠缠在一起的八万四千只黄昏的蚊蚋！

就这样，我们被它左右。

有时候挣脱了，立即又在新的情况里被它围住，就这样——人生没有什么值得大惊小怪的。太阳底下无新事，是这么回事儿。

你怎么知道你为什么爱国、迷恋故土、热爱家园？是谁教育了你呢，还是你本来就有这种要求？有的人逃离了家园，但他夜夜都在做梦，他在钢壳大楼里梦见的无非是一棵家乡普通的枣树。有的人固守在土地上，但他忍不住翘首远望，在荒凉寂寞中，他的坚守早已坍塌成了一堆没有指望的期盼。谁是正确的？谁不是正确的？彼此彼此，互为悬念。

有时候，走过去的路还可以走回来。可是人生，为什么走过去了就不能再走一遍呢？当我们走过了这个每个单元都是漫长的而整体上却是短暂的过程之后，坐下来一回想，仿佛大彻大悟了。

原来在本世纪除了看电视、在上世纪除了看报纸以外，我们什么也没做！你不知道是谁能让你这么活过了一生！给你发工资的人，你不认识。给你分配住房的人已经火化了，可房子你还住着。你没有种过一粒粮食，可是你每顿饭都吃得打嗝。你仔细一想，妈的，的确是什么也没做地活过来了。

所以，一个人要是官呢，他可能想让他的儿子弹钢琴；一个人要是当工人呢，他可能想让他的女儿当兵；一个人要是当大臣呢，他的后代也许要出相声演员；一个人要是教授学者，他的子女恐怕会想当官……这没办法。

人们都这么想：这辈子没弄好，但是要是再给我一次机会，我算知道该怎么过了。其实，再让他重活一次，他还会失败。亲爱的朋友，失败是注定了的！

为什么你总是与自己格格不入？

因为佛祖说过了：一钵水里有八万四千虫。

八万四千个不可知的活动因素、对抗因素、化解因素、背反因素……决定着你的决定！

这就是命运。

遥怜小儿女

城乡差别是越来越悬殊了。

黄土高原的深涧、大壑、塬峁、重峦比长城的雄关险塞还要厉害，还要具有封闭力，这座大自然亲手筑垒起来的"长城"是个大迷宫，它把农民变成了山民。"万山不许一溪奔"，农民的后代从这种封闭中走出去，该有多么不容易啊！路遥的小说《人生》，就算写尽了这种悲哀。土地纠缠着你，消磨着你，围困着你。你若是忠实于土地，它必毁了你；你若背叛了土地，只有在道德的另一端寻找到一条危险的出路，结果毁得更惨。"土地啊……"高加林最后趴在地上哭起来，他哭得多么深重、多么揪心，这接连历史母体的脐带是怎样地难以咬断啊……

那些几千年来由犬戎、鬼方、猃狁、匈奴、党项、羌、羯、鲜卑、氐等游牧部落撒落在这片土地上的种子，如今叫做"陕北人"。贫瘠的土地没有辜负形形色色的播种人，开出了貂蝉那样血统美丽的花朵，长出了吕布那样英俊威武而又好色无义的骁勇男儿。这些英雄美人有一个鲜明的特点就是，不讲道德规范。他们无论在肉体上还是精神上，对谁都不忠。一个被当做礼物送来送去，一个被讥为"三姓家奴"，有奶便是娘，反复无常，有勇无谋。在正统的儒家道德眼睛里，他们一直是被贬低、被嘲笑的人物。

其实，只是道德观念不一样罢了。一个在族源上来处不同的人，无法对外人产生刻骨的忠诚，对他来说，外人都一样，都是外人。何况要在大族争战的夹缝里求生，他只能随机应变——只不过是他变得更露骨而已。"学成文武艺，货与帝王家。"吕布和别人没什么不同，他也是一个卖艺人，只是在道德上更无牵挂，脸变得快。他本来就没有必要死忠于谁，他忠于自己。

瞧，他的形象在《三国演义》里是何等鲜明！他全然没有唯唯诺诺、韬光养晦的那一套，他就是耀武扬威、飞扬跋扈，像小孩子一样。一枝方天画戟打败天下英雄，活得多么痛决！从辕门射戟救刘备到白门楼被刘备淡淡一句话出卖，吕布多么侠义，刘备多么阴险！而且，在中国传统的英雄模式中，唯有这个吕布是一个"爱情至上"主义者，唯有他，敢爱，敢拿政治为爱情服务，敢把女人看得比政治利益更高！在《戏貂蝉》那出戏里，他像展示彩色羽毛的公鸡那样趾高气扬，夸夸其谈地吹嘘自己，不可一世，精彩极了！他把他的浑身武艺也用来为爱情服务了，活脱脱是一个"生命诚可贵，爱情价更高"！

这是个真人，自由人，当得起是"千古男儿一吕布"中国历史上圣人、君子是太多了，却少有这种真人。他是历史上的一个"西部牛仔"式的英雄，一个类似灿烂球星的人物，一个古老民族史册上记载下来的顽童！他的职业，可以算作是保镖或职业杀手。在他身上，弥漫着异国风味和游牧气息，他是个未经封建伦理道德驯化、沾染的天然的人。无拘无束，任性纵情，膂力非凡，勇冠三军。所谓"三英战吕布"，也不过打个平手。在袁曹的诸侯联军阵前，他是怎样地来往驰骋、高声叫阵，一会儿连杀数将，斩断这个手腕，又打得那个连连吐血，骁勇如此，光彩胜过关云长、赵子龙多矣！

这就叫辉煌，这就叫英雄本色！

和他比起来，关羽不是显得太拘束、太正经——像一只养在笼子里的马戏团老虎了吗？张飞不是显得太俗、太粗糙、太不风流倜傥了吗？张飞最后死在两个裁缝手里，正是太合乎他的俗了。只有马超，有吕布之风而又比吕布正派，而马超也是西凉人。这个将门之子大概比吕布受的正统教育多一些，气质却是一样的。你不感到有一种游牧文化在他们身上是一脉相承的吗？

多少年来，人们只讲中原文化对游牧民族的影响、容纳，却从不仔细研究游牧精神对中原文化的融汇起了多么深刻、重大的作用，这是不公正的。

狭隘的民族立场比长城更容易阻绝我们对外来文明的吸收。

难道我们还不够故步自封吗？

一个民族若是一直处于农耕阶段而没有经历过游牧时期，你想，它的文明里能不欠缺一种十分重要的自由精神吗？能不欠缺一种推动历史跨越社会阶段的原动力吗？

几乎所有的发达国家都曾经历过或长或短的游牧时期，

留下了用刀叉切食烤灼肉食的习惯，留下了能歌善舞、坦率豪放的自由天性，更重要的是，游牧生活使一个民族不保守，敢于放弃，敢于寻找新的生活领域，有开阔的视野、雄健的自然体魄，崇尚华丽，喜欢进取，保持着更为天然的爱情形态……这些都是与农业文明截然不同的。

游牧文化是马的文化，农耕文化是牛的文化。在与体现着这两种文明的生灵长期依存的生产过程中，人的精神文明默默浸透了这两种性情的特点。发源于恒河的农业文明使印度人至今崇牛如神，也使那个伟大的文明古国步履缓慢，浸透了牛的忍耐和悲哀精神。越是拥有古老农业文明的民族，越是在近代落伍，为什么？

近代学者总是在"资本主义社会"这个眼前的问题上绕圈子，却总也解决不了。他们忘了一个根，忘了在社会发展的过程中，少了"游牧时期"这个重要的一环！

这就像在一个人的成长发育阶段中，少了少年时期一样，过早地成熟了。当在新的阶段里需要单纯、活泼、无拘无束、幻想和求知欲等等的少年品格的时候，他才会发现，他从来没有过这些东西。

这，多么可怕！

所以当《河殇》以黑格尔的地理决定论思想讲述蔚蓝色海洋文明的时候，我咽了一口唾沫，心想："我迟早会有自己的看法的。"

你看见那辽阔的足球绿茵场了吗？对，那是缩小了的草原，也是交战双方中间没有拦网的战场。球员像骑士一般不停地奔跑，追逐猎物（足球像一只到处乱窜的兔子），冲撞、拼杀、交错在一起，像两支骑兵部队在旷野上野战。没有依凭的城关，战局瞬息万变，迂回、穿插、视野开阔的配合……你看见吗？这是一项具有典型游牧风格的运动！而这，恰恰是我国绝大部分球员血统里不曾具有的。同样是中国人，中间有拦网的运动，大都可以搞得不错，我们对交战双方中间有一道象征性"长城"的玩意儿，总是得心应手，攻防自如。问题就出在这儿：长城心理。长城心理就是农业民族心理。

许多事情就是这样，缺少了的一课，会在很多年之后显示出它的意义、它的不可或缺。

所以，吕布与貂蝉这两个被我的正统思想长期误解并藐视的异样人物，很多年之后，忽然变得鲜亮、丰厚起来了。多么勇猛、单纯、无拘无束的人哪！作为一个武夫，吕布远比关云长可爱和有光彩；作为一个女人，貂蝉也远比王昭君来得真实自然，堪与这位北方美人称为双璧的，只有西施。

可不可以从更宽泛的道德标准上来认识他们呢？能不能从更广阔的角度来理解、认识他们的行为呢？这些曾经活跃于中国历史舞台上的各族人物，史书既然把他们保留下来，难道那不合规范的奇光异彩里就没有值得后人深思的启示吗？

这一对生动自由的历史的小儿女啊！

无豹

　　我看见……那只豹子，就蹲伏在长城上。它与长城是非常和谐的，如果不是因为它偶尔裂吻打一个长长的惊心动魄的呵欠，如果不是因为它有时起身缓缓地在城堞上踱步、然后复又蹲伏下的话，我就以为它是不存在的了。可是，那豹子……它怎么可能于光天化日之下悠然地蹲伏在长城上呢？我也知道这是不可能的事，不可能，但我还是看见它，那只豹子。

　　它稳得很，蹲伏在那里。仿佛长城沿线行驶的车辆根本不存在，与它无关；还仿佛是周围的一切活动都是假的、都是幻象，唯有它是超然的真实。一切都惊动不了它，它安然地卧在上面，像一个专注于内心的思想家，丝毫不为外界所惊动，也丝毫不准备攻击什么。

　　那是一只金钱豹。

　　它有时变得异常庞大，整整一座山峦都像它，蹲伏在天空之下，背部的曲线充满张力，像强劲的弓一样弯着，有一种待射的威猛。

　　它有时又似乎变小了，隐藏在城堞后面或山脉的岩石旁，露出一双炯炯的眼睛注视你，或者，露出一块斑纹，露出一节豹尾，露出一个头部的形廓。

它真美，这只豹子。它时隐时现，若真若幻。谁也不伤害，但谁也不能不惊叹并迷醉于它的美。它就是一块斑斓土地，一片深秋的草丛，一段河流弯道处的含蓄的速度和力量。这只金钱豹，在长城的沿线一带你总是能看见它，像是眼前不散的幻影。

它有时候注视一下你，但更多的时候是自在着，倾注于一个我们看不见的东西。有形无欲，且威且容。但它是一只豹子，一只金钱豹，不是印度虎，也不是非洲狮，而仅仅是一只豹子，就像汉字里的"豹"字那样的神态：微微抬起头注视着前方，两只前爪正放在胸下，如两柄伸出来就可以搏杀的利剑，整个后半部是一个"勺"形的蹲伏，一蹴即可腾起……唉，它真美。

现在，它正如一个贫困的富有者那样高贵，它一无所有，只有自身，然而它的自身却是炫目耀眼的遍体的金钱！金钱在它身上变成了最美丽的纹饰，金钱就是它的身体的一部分。它全身都是钱，但是它能花自己吗？它是典型的富翁，但它正贫困着。

而且，它还像一个颓废的斗狠者那样懒散，它厌倦了过去锋芒毕露的生活，捕杀、搏取、迅猛灵活出其不意的一击……这一套都是它天生就会的，它曾经屡试不爽，杀伐成性。但是它意识到并面临了一个更大、更冷酷的捕杀，像一个皈依佛门的杀手那样，它宁静地放弃了爪牙之利，等待最后的灭绝。

> 它的目光因为经过这些铁栏，
> 变得这样疲倦，什么也把握不住。
> 它觉得，好像有千条铁栏，
> 千条铁栏后便没有宇宙。

强韧的步履迈出柔软的步容，
这步容在极小的圈中盘旋，
好像力的舞蹈围绕一个中心，
在中心一个伟大的意志昏眩。

只有眸子的帘幕时而无声地撩起。
于是有一幅图像浸入，
浸入四肢的紧张的寂静，
这图像在心里化为乌有。

——里尔克《豹》

我看到的那只豹子，正是这样。它与这位德语诗人誉满天下的名篇是精神一致的。我只是有点想不透，为什么这只蹲伏在长城上的独一无二的豹竟不曾被中国历代的诗人所看到，却偏偏被一个欧洲人发现了？他发现了一只东方豹子的特有的精神美，他发现了伟大的长城式的孤独。

我突然注意到我们这个民族曾经有过的豹式的英雄主义色彩，它是那么悲哀、无声地潜入和渗穿了我们的灵魂。豹式的悲剧感，豹式的英雄美。"燕额豹头"，正是中国英雄的标准像。"豹子头林冲"，为什么叫豹子头呢？因为美。还有西门豹，还有申公豹，都美。我们为什么不把林冲叫"老虎头"呢？因为豹子的勇猛里更留有余地，豹子更矫捷凶猛，更有一种冷酷的、强悍的杀气。

在中国，狮已经成为皇宫禁城门前的两只卷毛狮子狗，虎也成为封疆大吏脚下的垫物，只有豹子，带着民间英雄和江湖好汉的色彩，闪耀着独行独往的无羁的光芒！长城上是应该蹲伏着这样一只金钱豹的，那该是一幅多么和谐、多么难忘的画面！

可惜，这一切仅只是我心灵的幻象，豹正消失着。

我恰好看到一位日本人在问："长城沿线，还能找到金钱豹吗？"

有人告诉他，两年前，曾捕获了一对小金钱豹。动物园得悉，愿以四百元一只的价钱买走。后来，这对小豹子终于在某个动物园供人观赏了。

一座没有金钱豹的山林还算山林吗？一片没有金钱豹的高山大岭还算高山大岭吗？就像没有武林高手的江湖，就像没有奇侠大盗的名山，索然无味了。

还是里尔克的诗说得好：

……它征服了他们，
迫使他们在死亡和生命面前跪伏。
他们双膝弯成的直角
赋予世界一个全新的尺度。

当最强有力、最活跃的一种象征力量的威胁彻底消失的时候，生活还存在吗？

当那类看起来无足轻重的事物还未显露出其深刻的影响时，谁又会把那些属于自然而不属于自己的东西当成东西呢？

这些都是渐渐的，毫不突然，但最终的结局，是可怕的。

在长城沿线，除了幻象之外，我并没有看到一只豹，只在某兽皮市场上，看到一张金钱豹的皮在风中飘动。我看见……那只豹子被吊起来，如同野猪林里的林教头一样闭目任命，它正被董超薛霸一类的商贩，高价出卖。

铜月亮

何苦如此奔波来？

秦直道在山顶上，蒙恬墓在校园中。有始无终的始皇帝连儿子也没保住，公子扶苏的墓边有一只脆弱的小狗汪汪地叫着。羌村呢，那里的乡民并不知道杜工部，学者们也释不清"畏我复却去"。一切都显得荒诞，显得靠不住。

驱车在长城一侧的国道上赶路的时候，天光在远山顶上一颤，就缩得不见了。西北方的天亮得比别处慢，黑起来却很快，连光阴也比南方短暂呵。

黝黑的城堞上，渐渐滴出一滴烧红的铜汁，填充在凹墙里。金红透亮，钢水似的散发着炽烈的光辉。滴在城堞上，似乎要流下去，只因为浓稠和渐渐冷却，粘在凹墙中。

那一滴慢慢扩充，填满了凹墙。它是那样一种优质的纯铜的红黄、色泽异常辉煌明亮，却不耀眼。是铜锣久经擦拭后的那种沉静的光芒，含着古青铜器的优雅的锈绿，在白热的熔炼时，附在表层一些淡色的杂质。

"月亮！"有人指着喊。

他要不喊，没准儿有人以为炼钢厂把钢水浇错了地方呢。多么不像月亮啊，那么一滴，金黄透亮的溶液，岩浆似的，钟乳石似的，流动在墙凹的容器里。

眼看着它就在动，填满、溢出，仿佛在一个看不见的轮廓里流溢，看着就要流过头了，就要造成残缺了，就不可能填充得圆满了，不料它巧妙，在露呈轮廓的一刹那，一笔补救成浑然，天造的完美。

在城墙上露出半轮的时候，就认出是月亮了。但它既不是一钩斜挂，也不是天上一轮才捧出的皎洁，而是像一枚出土在长城堞墙上的红铜古钱、烧红熔化了，渐渐在冷却。然后，它嵌在了凹墙里。

它嵌在今夜的凹墙里，不像通常我们认识的月亮，而像一枚古币，开元通宝，五铢钱，像长城的城徽，也像历史的纹章。最后，它全部升起来，悬垂城上，晚照似的满脸努力挣脱诞生的红光。这红光渐渐被周围的天空吸收，使它冷却，还原为青铜古币，皈依沉静了。

> 长城外，
> 古道边，
> 荒草碧连天……

一支歌子的意境里，车灯不知在什么时候早已打开了，松散的灰白光束迟疑地，在古道上寻找什么……

深夜倾听海

黄土高原离海有多远，能听到吗？

能呢。

但是有一些条件。第一你的耳朵不能太聪，太聪则只能听见近声而不能闻远音；第二要能处于半眠半醒状态，全眠则是梦想，全醒则是现实。

躺在黄土高原的窑洞里听海，才是大境界大乐趣呢！必须是窑洞，筑进山体内部的洞穴，而不是盖在土地之上的房子。在这种伸入山体内部的深夜，你可能体验到野兽独处洞穴时的妙境，它们所能谛听到的世界，远不是人类所能够想象的。

还必须是高原，最好是江河的发源地，至少也要是大江大河初脉流经的地方。两极是相通的、互感的，整个世界是完整的，浑然一体血肉相连，只是嘈杂的人类行为使这一切联系被隔开。大地的血脉筋络本来是多么畅通，它的循环和输送、感应和嬗变像一个健康的婴儿一样灵敏！

现在人类睡着了，它却刚刚醒来。

它等待着那些被人类弄麻木的部位逐渐地一一恢复常态。它有气功。

阴阳五行，地气风水，易经天象、卜卦炼金……这些，不过是人类从对它的观察中学到的一些皮毛。

它是一个庞大的生命，也是一枚转动的蛋卵。所以它并不轻易表示什么、指明什么。它是宽容的，看着人类自命不凡。

夜已经很深，北方山谷的寂静里含有一股凛冽，使窑洞更似一只掏进山根的耳道，深深浅浅，微暖微寒。

躺在这四周上下都是黄土的窑洞里，像一个躺在耳道里的小人儿，疲倦在异样的朦胧里。在这种如葬的状态，先是听到窑顶和四壁细密的沙沙声，那是一些壤粒掉落的声响。它们像跳蚤一样掉下来，也像小水珠，滴答一声，接着又滴答一声，一粒接一粒。你越是仔细听，这声音就越响，甚至感觉到壤粒掉在你脸上、头发里。

渐渐你能听见缸里的水在波动，感到它不是静止的，而是在旋转，发出汩汩的声响。这声音慢慢和壁壤内部的一种声音合起来，是另一种水声。这声音就发自离你脑袋不远的地方，也是汩汩的，还能听到水流碰上石头时打了一个回旋的清脆水波声。追着这个声音，你就听到了河。

河是沙哑的摩擦声，是雨后的泥地上拖动伐倒的大树的声音，那是厚重奔涌的水流从河床上一掠而过时发出的摩擦声。那仿佛不是水的声音，而是河床的声音，在一些起落处发出吟唤，似有负重的快感。

通过河床传递过来的声音，你可以感觉到河流宽大厚重的身躯，有点像大蛇，但不完全像，漩流和水的层次历历在目。那是浑蒙的如夜的景象，一切都显得极其含混，河流的声音也含混，像是浑浊的呼吸声，像是越跑越远的人。你听到它进入海的时候，是完全寂静的一霎，是瘫倒、是结束。是溶化，一息声响都没有了。

这就是海吗？

她多么遥远，声音多么微弱、多么难以分辨！但是你还是能够谛听到她，她的底部，如同一个母体的骨盆那样，宽大、安详、松弛，散发出随时都在哺育什么的奶和肉体的气味。在这平稳的大陆架上，海水轻轻晃动，发出窸窣的声响。

这声响仍然是细微的，就像远处一位宁静的贵妇人用她细腻光洁的手指轻轻地抚弄她的丝质缎绣的蔚蓝色宽大裙裾，窸窸窣窣，若有所思。这细微的声响已经不是通过陆地传导过来的了，而是通过贯穿了高原和海洋的河流的纽带，那条联结着它们的脐带。由于这条脐带，起点和终点，循环和过程，至高和至容，就成为不可分割的连体了。

你听的时候，筛去河流的喘息声和河床的摩擦声，就滤出这奇特的窸窣声了。这声音时现时隐，像倒走的秒表，溯流而上，直达一切关怀着她的耳膜。它带着那样一种女性的耳语，那样一种机敏、柔情、任性和含混，而且还有一种许诺和欺骗，宛如在告诉你，她也在关怀你。

至于海的柔滑的皮肤，海的大块的肌理，暗流的美丽手臂，漩涡的丰满的屁股，随时耸立起来的乳房，风暴中闪动的腰肢以及整个遮掩了面目的惊人秀发……这一切是听不见的，无法听见，但是你却能看得比站在海边更清楚。海啊，你这生育了现代文明之后的宁静的美妇人！你是不是可以感到我在倾听你呢？若问相思几许长？发源入海两江河！

半眠半醒之中，黄土高原的一孔窑洞深处，我仿佛说了这句梦话："我听见海啦……"

黄土高原离海多远啊，能听见吗？

能呢。

就在离海洋最远的地方, 海啊, 我们像野兽一样恋想着你呢!

倾听着你……

恋想着你……

海啊, 你这在远方窸窣作响的妇人啊,

抛弃我们吧!

就这样永远地

抛弃我们吧……

后记

《游牧长城》写完了。

我只觉得像是吐完了最后一口气，再长一点儿，我都没话说了。好像是一个人把他家里的东西搬出去搞展览，搬着搬着，一回头房子全空了。

本人原来是写诗的，写到最后写了一部两千行的长诗，结束了。后来我又学着写散文，最长没有超过两万字。大块文章所付出的心血和所得到的乐趣，我是没有领略过的，为此我多少有一些小小的遗憾。

由于为 CCTV 写《望长城》电视片文学提纲的机会，我与几位朋友一起跑遍了甘肃、陕北、山西几个省份，我们联手写出的文字，已由江苏文艺出版社出了一部二十二万字的《东方老墙》。这本书的印制和装帧，应该说是很不错的。

电视播放了，书也发行了，难道还有什么不满足的么？半年的辛苦奔波得到了应有的回报，但是心里，却有一个最重要的角落空缺着。因为不管是《望长城》还是《东方老墙》，都是集体力量和集体智慧的合成，我虽然多少做了一点点工作，但它们的成功或不尽如人意均不能属于我个人。我通过这个机会接触了长城，我感到了长城对我的生活有一种深层的触动。

它仿佛是我的半部生命史的一个总提纲，忽然给了我的写作一个大契机，通过它，我感到似乎有些接近了那个在文学上单独属于我的东西。

很多年以来，我都在试图找寻到它。

我每次都以为找到了，结果不是。

这一次是不是又是一个错觉？我不知道。

记得一九八九年冬天在北方跑了两个月的时候，我基本上还处于懵懵懂懂的状态，我们每天访问的人和地方与全局有什么联系，我一直弄不明白。我不善于采访。总撰稿的朋友看出来了，他说，"看样子你还没进入情况。"他看得很准，一语道出了我的毛病。老毛病了，上中学的时候我对数理化永远"进入不了情况"，数学老师揭开我伪装在数学课本下面的东西后，故作钦佩叹服状地说，"你是真行啊，明天考数学，今天看《子夜》！"后来我参加工作在团地委上班，团委书记明察秋毫，他有一天悄悄对我说，"我怎么觉得你好像利用每天上班的时间……在省脑子啊？"（他说的"省"是节省的省，不是反省的省）

我是有这个心不在焉的毛病。

如果不是我自己非常感兴趣的事儿，就很难用理智硬拧着去"进入情况"。还有一次，一个将军交给我一个任务，为一位老首长写一篇回忆录，把我难坏了，把他也急得够呛。最后总算交卷，我痛苦地对将军说："以后别再给咱任务了，没屎，硬憋，最后只好把一节大肠头挣出来，割断，冒充屎。"将军听了，哈哈大笑。

可是我对长城却另有一种没进入情况的进入，我有一种痴迷，还有一种不具体的领悟。我不能明确地说清我领悟的是什么，也不能确认我为什么所迷醉，但是我知道，长城的某种神秘的力量进入了我。我想，被外在事物"进入"是一种比进入外在事物更合适的文学创作状态。

"游牧"两个字，在长城的参照下深深打动了我、激动了我，当我有一天偶然想到"游牧长城"这个题目时，冬天的沉闷的采访过程解冻了，移动了，在我眼前裂开一角天空，射过来一股刺眼的明畅的光线。

我把这四个字记在台历上。

我觉得，蠢蠢欲动。

我想写一次大块文章，我想试试我能不能写得了十万字。十万字对别人来说也许算不了什么宏大的计划，但是对我却是一种陌生的越野马拉松，我从未在文字的丛林稿纸的原野上走过那么远的路，我是一个胆小的人，我总是害怕万一走远了找不着回家的路怎么办？我是一个急于见到效果的人，一个缺乏计划性、容易顺随感情的人，我担心还没有跑出去五里地就耐不住性子溜回家了，那多糟糕。

结果，我写完了。

对我来说，最大的成功就是写完了。不管它好不好，我终于有了耐心写了完整的十万字，多少学会了一点均匀地使用激情，不使它总是在短暂的喷发时浪费一部分，这也是一种经验，一次训练。这时候再看任何一部较长的作品时，都多少能够知道一点那部心血的沉重。

有个朋友曾经在他的一篇长文里写到我，并且提起一件旧事，他是这么写的：

"一次我问他，并且声明在先：'别打哈哈，中国的哪位诗人是你文学上的标高。'他沉思了一下，'辛弃疾！'他说，过后满脸血红。这血红使我感觉到他说出此话的不易。"

我当时说出"辛弃疾"时满脸血红，这我至今记得，我说出这位心目中伟大的精神父王时，像被两道凌空俯视的严厉目光逼问那样，自惭形秽，后脊梁上直冒虚汗。我之所以斗胆说出这个名字，并不是心存篡越的野心，而是太爱他了。

所谓"标高"，我以为是一个想象中的终极目标，一个暗怀的独自崇拜的偶像，一个楷模。实际上，前人是不可复制的，不朽的文学峰峦在其独特的意义上是不可逾越的，你可以另起一座土丘或山峰，但不可能贬低他。尽管辛弃疾不是李白、杜甫，不是曹雪芹、关汉卿，他仍然是不可逾越的。他已经成为我们民族文化血脉的一部分，就像一段长城，就像黄河的一条支流，它也许属于全人类，但首先更血缘地属于我们。在这个意义上，我们对莎士比亚、托尔斯泰的共鸣和仰慕里，恰恰少了一种领略时不易觉察的、异常细微的自豪感情。

我喜欢辛稼轩那种饱满的、亢奋的精神，连他的颓废消沉都是健康的！在他充满活力的天才躯体上，现实生活从任何角度碰撞过去，都能发出令人迷醉的音响！我们的历史里有过这样一个人——这样一个智慧的武夫、壮健的文士、深刻的浪子、豪迈的酒徒、悲观的理想主义诗人、沙场点兵的将军、屡遭猜忌的长官、倩取红巾翠袖揾英雄泪的好男儿……人生，被他淋漓尽致矣！

他为我们的汉语，炼出了多少叮叮铛铛、掷地有声的新鲜话儿啊：

"季子正年少，马黑貂裘。"
"落日胡尘未断，西风塞马空肥。"
"袖里珍奇光五色，他年要补天西北。"

"几人真是经纶手？""一丘一壑也风流。"

"江头未是风波恶，别有人间行路难。"

"硬语盘空谁来听？事无两样人心别。"

"我见青山多妩媚，料青山，见我应如是。"

还有一句，不敢苟同：

"不恨古人吾不见，恨古人，不见吾狂耳。"

我虽然对辛弃疾佩服得五体投地，但这一句，不能赞同。他太狂了。

为什么"不恨古人吾不见"呢？我真是太恨这一点了。特别是我围绕着长城走了几个月以后，想见古人成了我极大的遗憾和幻想。一座古人手造的万里城墙就留在那儿，有时离我们那么近，伸手可触，笔迹犹存，但是那些人呢？为什么就不能让我们重新看他们一眼呢？世间的这条铁律为什么就这么残酷呢？要是他们和我们没什么关系也就算了，可他们明明是我们的祖先，我们血脉的上游……咳！人生在世，还有比这更大的遗憾吗？

前不见古人，后不见来者。

念天地之悠悠，独怆然而涕下。

拥挤中的空旷，繁忙时的孤独。

一道被长城勉强穿过的无形的"墙"，把最有趣的东西全都隔开了。哪怕是让我们看一眼背影也好呵，哪怕是雷雨之夜的闪电下在云端里露一下脸也好呵……只有长城，只剩长城，无数无数个时代，解散了。

真正的凄凉就在这里。

　　我久久地站立在长城之下的流沙里，我听见风的手指一点一点地耐心抠它，我听见这唯一的见证渐渐剥落的细微声音，一种可怕的坍塌的响声从我心底弥漫上来，大融解的预感攫住我，我贪婪地望着长城，几乎是在用眼睛吞吃它。

　　我，兀立荒原。

一九九一年十二月二十一日
脱稿于新疆乌鲁木齐，宅内。
是日，雪雾弥塞，天并不冷。

图书在版编目（CIP）数据

游牧长城 / 周涛著 . —上海：上海三联书店，
2020.4
（行走文丛）
ISBN 978-7-5426-6937-7

Ⅰ．①游… Ⅱ．①周… Ⅲ．①散文集 – 中国 – 当代
Ⅳ．① I267

中国版本图书馆 CIP 数据核字（2019）第 292606 号

游牧长城

著　　者 / 周　涛
责任编辑 / 程　力
特约编辑 / 鞠　俊
装帧设计 / 鹏飞艺术　周　丹
监　　制 / 姚　军
出版发行 / 上海三联书店
　　　　　（200030）中国上海市漕溪北路 331 号 A 座 6 楼
印　　刷 / 三河市中晟雅豪印务有限公司
版　　次 / 2020 年 4 月第 1 版
印　　次 / 2020 年 4 月第 1 次印刷
开　　本 / 640×960　1/16
字　　数 / 81 千字
印　　张 / 12

ISBN 978-7-5426-6937-7/I · 1591

定　价：39.80元